小学館文庫

姉上は麗しの名医

馳月基矢

小学館

目次

姉上は麗しの名医

一　毒、出づ

清太郎《せいたろう》は踏み込んだ。木刀を振るう。ごく軽く打った。ぱん、と相手の鉄面が乾いた音を立てた。

まず一本。

次なる相手が側面から攻めてくる。気迫の乗った、なかなか鋭い突きだ。

清太郎はひらりと跳びのいた。相手は付いてこられない。足取りが乱れたところを、清太郎は急襲する。寸止めの刺突《しとつ》。

また一本。

最後の一人は清太郎の背後に回り込んでいる。気迫の声とともに、勢いのある上段の一撃。

清太郎は振り向きざま、払った。相手の木刀が弾《はじ》け飛ぶ。清太郎は剣の間合いを捨て、当て身を食らわせる。相手は床に転がった。

「勝負ありだな」

清太郎が宣言すると、張り詰めていた道場の空気が緩んだ。三人がかりで清太郎に挑んだ少年剣士たちが、ああ、と盛大に嘆息してうなだれた。

牛込は市谷柳町の小さな剣術道場である。

朝稽古《あさげいこ》の終わりに、若先生こと瓜生《うりゆう》清太郎は、門下の少年たちから挑戦を受けた。三人とも、年は十五。近頃ぐんぐんと体が大きくなり、めきめきと腕が上がってきたところだ。

とはいえ清太郎から見れば、三人ともまだまだ子供である。背丈も胸の厚みも腕の太さも、むろん技の冴《さ》えも、二十三の清太郎に及ぶべくもない。

清太郎は鉄面を外し、壁際に立つ朋友を見やった。芝居めかして大仰に木刀を振り回し、切っ先を朋友に突き付ける。

「さあ、次は彦馬《ひこま》さんに相手してもらうぜ。今日こそ勝負だ」

藤代《ふじしろ》彦馬は懐《ふところで》手をして、にこにこ微笑《ほほえ》んでいる。

「困ったな。俺は見物に来ただけだぞ。しかもこのとおり、足捌《あしさば》きに向かない着流しだ。木刀を持っても、格好が付かんよ」

「またそんな嘘《うそ》っぱちを言う。ついこの間も、いいとこの若旦那《わかだんな》に変装したまま、押し込み強盗を相手に大立ち回りを演じたそうじゃねえか。ほとんど一人でのしちまったんだろう？」

「買いかぶりだ。根回しがうまくいって、応援がすぐに駆け付けてくれただけさ」

「彦馬さんが刀を使うところを見たっていうやつがいる。とんでもなく強かったって」

「それは光栄だが、実際はどうだろうな」

「だから、今から俺と勝負しろと言っているんだよ。俺がじかに刀を交えて、噂《うわさ》の真偽を確かめてやる」

わあっと、子供らが沸いた。清太郎の教え子たちである。下は六つの舌っ足らずから、人数が多いのは十かそこらのやんちゃ坊主ども。十五歳の三人組が最年長だ。今日は老師範が鍼《はり》療治に出掛けているから、子供らは殊更《ことさら》に遠慮がない。

しかし、彦馬は動かない。

「俺はやらんよ。昔ならいざ知らず、今の俺が清さんに敵《かな》うはずもない」

清太郎は壁際の彦馬に詰め寄り、食い下がった。

「非番のときくらい、付き合ってくれてもいいじゃねえか。近頃、手応えのあるやつと手合わせしていないんだ。こんなんじゃあ、腕がなまっちまう」

ふと、風が肌に触れた。誰かが戸を開けたのだ。秋も既に深く、風はひんやりしている。稽古で火照《ほて》った体にはちょうどよい。

戸口を向いた彦馬が硬い表情をした。

「何か起こったかな」

小柄な若い男が影のように戸口に控えている。男は体を二つ折りにして頭を下げた。

「彦馬さん、あの男って確か、ここいらが縄張りの下っ引きの」

「蕎麦《そば》屋の松吉《まつきち》だ」

「呼び出しか？」

「おそらく。松吉を見ろ。汗びっしょりだ。よほど急いで飛んできたのか」

「行くのかよ。彦馬さん、今日は勤めがないって言ってたのに」

「そう拗《す》ねるな」

「拗ねてねえ」

彦馬は松吉のほうへ歩んでいった。端に寄って行儀よく跪坐《きざ》をした子供らが、興味津々で目を輝かせている。

彦馬は、定廻《じようまわ》りの同心である。年は二十五。元服も迎えぬ少年のうちから、同心を務める父に付き従って事件を追っていた。藤代家の家督を継いだのは三年前で、同時に、お上に任ぜられて十手《じつて》を預かる身となった。

江戸八百八町の治安を担う捕り手といえば、偉ぶった同心に、荒っぽい岡っ引きに、横着な下っ引きと、子供らに好かれるものでもない。彦馬は特別だ。

「だって、少しも怖くないし、とにかく格好がいい！」

子供らはそう言って、彦馬に懐《なつ》いている。清太郎が道場へ彦馬を連れてくれば、事件の話をせがんだり、ぜひ手下に加えてほしいと頼み込んだり、大騒《おおさわ》ぎだ。

戸口に立つ彦馬は、松吉のほうへ耳を寄せ、話を聞いている。年嵩《としかさ》の同心たちは人使いが荒い。若い彦馬を、まるで自身の管轄下にある岡っ引きのように扱い、使いっ走りや張り込みに駆り出すのだ。

「彦馬さんがまじめすぎるのも悪い。無茶な注文は断れよ」

清太郎は、むっとした気分で、木刀を翻して空を斬った。木刀は重い。袋竹刀《ふくろしない》や竹光《たけみつ》よりもずっと、本物の刀に近い重みを持っている。

松吉との話が済んだと見える。彦馬は首を巡らせて清太郎を振り向いた。

「もしかしたら、後で清さんのところを訪ねるかもしれない。俺の知識でどうにもならないときには、ということだが」

「姉上の出番か？」

「ああ。それじゃあ、皆、邪魔したな。稽古に励めよ」

彦馬は子供らに手を振ると、道場に一礼し、松吉と共に駆け出した。

日の光の明るい窓にちらりと、彦馬の横顔が見えた。凍《い》て付いたような静けさに引き締まっていた。

「さっさと行っちまうんだよな。俺なんか頼りにもならねえってことか」

清太郎は独り言《ご》ちた。彦馬がいなくなっただけで、道場が妙に、がらんとした。

あのさあ、と直二《なおじ》が、最近掠《かす》れがちな声を上げた。十二か三かで、同年配ではいちばん、ひょろりと背が高い。流行《はや》りの小間物屋の息子だ。

「若先生と彦馬さんって、どっちが強いんだ？」

「わかんねえ」

「勝負したことないのか？」

「さっきのとおりさ。彦馬さんは剣術の試合をしたがらない。おかげで腕前が見極められねえんだ。昔はしょっちゅう、一緒に稽古も試合もやっていたんだが」

「その頃はどっちが強かった？」

「彦馬さんに決まっているだろう」

「なぁんだ。若先生も大したことねえ」

「直二、おまえは二つ年上の、その中でも特に剣のうまいやつに勝てるか？　もちろん俺も強かったさ。並みの腕前の野郎なら、二つも三つも年上でも、叩《たた》きのめしてやれた」

ふぅん、と直二はうそぶいた。

「まあ、とにかく、彦馬さんがすごく強くて、若先生がそこそこ強いのはわかったよ」

「おいこら。そこそこだと？」

「強いって認めてやってるんじゃないか。若先生も、彦馬さんの捕り物を手伝ってやりゃあいいのに。同心の仕事は危ないんだってな。人殺しも火付けも平気でやっちまうような悪党と戦うんだぜ。彦馬さんひとりじゃあ大変だろう」

清太郎は眉間《みけん》に皺《しわ》を寄せた。

「一緒に行けりゃあ行ってるさ。俺だって、彦馬さんばっかり危ない目に遭《あ》わせたくねえし、悪党を野放しにするのは許せねえ」

子供の頃はよかった。彦馬がその父から同心の勤めのいろはを学ぶとき、清太郎がそばをちょろちょろしていても、突き放されはしなかった。

彦馬自身が同心の職務に就いてからだ。彦馬は清太郎を捕り物から遠ざけるようになった。彦馬が清太郎に勤めの話をするのは、荒事に動員する人手がどうしても足りないとか、よほどの事情があるときだけだ。

直二は、ぎゅっと目を怒らせて清太郎を見上げた。

「若先生を強い男と見込んで話すよ。おいら、近頃、どうやったって許せない悪党がいるのを知ったんだ」

「何だ、仲間の誰かがいじめられてんのか？　どこの悪餓鬼のしわざだ？」

「餓鬼のしわざなんかじゃないよ。手習い小屋での喧嘩《けんか》みたいなのとは違うんだ。もっとまずくて、怖くて、気味の悪い話さ。殺しの話って言ってもいい」

道場がしんとした。

清太郎は直二の目をのぞき込んだ。直二は、口の利《き》き方こそ生意気だが、調子に乗ったり嘘をついたりする少年ではない。

「殺しって、どういうことだ？」

「犬だよ。死んでるんだ。一匹や二匹じゃあない。うちの店のまわりで、つい昨日まで元気に尻尾《しっぽ》を振ってた犬がみんな、次の朝には死体になって転がってる。次から次にだよ。殺されてるんだ」

「いつからだ？」

「わかんない。おいらが気付いたのは半月くらい前だ。でも、もっと前かもしれない」

「斬られて死んでるのか？　それとも、殴られた傷か？」

直二は首を左右に振った。負けん気を奮い立たせたようなしかめっ面《つら》が、ぐしゃっと崩れた。今にも泣き出しそうだ。

「毛皮に傷はない。苦しんで、腹の中のものを吐いて死んでる。夜中にね、唸《うな》り声が聞こえるんだ。喧嘩をするときの声じゃなくて、もっと化け物じみていて、地獄の底から聞こえるみたいな、すごい声なんだ。そんな声を上げて苦しんでる」

「そんなに恐ろしい声なのか？」

「ひどいんだよ。それに、死に顔もひどい。犬の顔に見えないくらい、めちゃくちゃに歪《ゆが》んじまってるんだ。白目がひっくり返って、牙も歯茎も剝《む》き出しで、舌があんなに長くて」

震えているのは、直二だけではなかった。同じような死骸を見てしまった子供らがうなずき合い、お化けみたいだ、妖怪のしわざだと、口々に言い募る。

清太郎は長身を屈《かが》め、直二と目の高さを合わせた。直二の肩に、ぽんと掌《てのひら》を載せる。

直二はぎりぎりのところで涙を抑え、矜持《きょうじ》を保っている。まだ小さくても、男なのだ。

「直二、わかった。俺が彦馬さんと一緒に、犬殺しの悪党を探し出して叩きのめしてやるよ。だから、もう怖がるな」

「おいらは別に怖がっちゃいない。でも、おいらには妹がいて、あいつは女で、ちっちゃいし優しいから、犬のために泣いてるんだ。あんなの見ちゃいられない」

「そうか。じゃあ、悪党探しを急がなけりゃあならねえな。俺に任せとけ。直二も、おまえらも、もう震えるな」

「震えてないやい」

直二は唇をひん結んで強がった。ほかの子供らも、べそべそと洟《はな》をすすりながら、怖くなんかないぞと、威勢よく言い放った。

清太郎は、直二の薄い肩をもう一度、ぽんと叩いた。

「よし、それじゃあ、今日はここまでだ。さあ、後片付けをするぞ！」

子供らの元気な声が、はい、と一斉に応えた。


清太郎が子供らの稽古を終え、牛込御徒町《おかちまち》にある屋敷に戻るのは、おおよそ昼の八つを過ぎている。父で医者の瓜生長渓《ちょうけい》は往診に出て留守だ。清太郎は日頃、長渓と顔を合わせることなく過ごしている。母は既に亡い。

この日、清太郎が帰ると、茶の間ではちょうど、姉の真澄《ますみ》が昼餉《ひるげ》を食べようとするところだった。

「ただいま、姉上」

「お帰りなさい」

真澄の傍《かたわ》らでは、弥助《やすけ》が大きな体を折り畳むようにして、甲斐甲斐《かいがい》しく膳《ぜん》を整えていた。弥助は講談師のように巧みな軽口を利く。

「おや、若旦那さま。こりゃまたちょうどいいところにお戻りなさいませ」

「何だよ、俺の話をしていたのか？」

「実は、若旦那さまの御身を狙《ねら》う剣豪が名乗りを上げまして。近々、道場破りに遭っちまうかもしれませんぜ。そういう話です。気を付けておくんなせえ」

言いながら、弥助は途中で笑い出している。真澄もおかしそうに口元を袖《そで》で覆っているから、剣豪とやらの正体も危険なものではないのだろうが。

「誰が俺を狙っているって？」

真澄は黒目勝ちのまなざしを上げた。頰《ほお》に笑窪《えくぼ》を刻み、唇から白い歯をのぞかせている。

「患者さまのところの坊やよ。何日か前、わたしの往診の帰りに、たまたま清太郎と一緒になったでしょう。それを坊やが見ていたらしくて」

「ああ、俺を姉上のいい人だと勘違いして、打倒恋敵《こいがたき》に燃えているってわけか」

「弥助が坊やをからかうから、坊やは誤解したままみたい。剣術を習って強くなりたいって言い出したらしいの」

「いいじゃねえか。よくやった、弥助。姉上に変な虫が付かないように、これからもしっかり宣伝しといてくれ。剣の腕なり何なりで俺を納得させる男じゃなけりゃ、姉上には近寄らせないってな」

「へい、承知しておりやす」

弥助は、無骨な造りの顔を笑い皺だらけにした。そのいかつい肩を、清太郎はぽんと気軽に叩いてやる。

真澄は、やれやれというふうに頭を振った。日の光が真澄のふわふわした癖毛を、透けるように輝かせている。髷《まげ》を結わず、一つに括《くく》っただけの髪である。

清太郎は真澄の差し向かいに腰を下ろした。

「それにしても、姉上はいつもより遅い昼餉じゃないか。患者が多かったのか」

「ええ。季節の変わり目だもの」

弥助は、ひょいと一礼した。

「さてさて、あっしは若旦那さまのお膳を用意してまいりやす」

清太郎は苦笑混じりだ。

「俺の昼餉は、白い握り飯だけでも構わないんだぞ」

弥助は清太郎ににじり寄った。小者《こもの》にあるまじき不敵な凄《すご》みを利かせてみせる。

「そうは問屋が卸しませんぜ。こちとら、足りねえ頭を捻《ひね》りに捻って、毎日の献立を考えてるんですよ。若旦那さまのお口にも合うお菜を作ることこそが、薬膳の料理人として格好の修業になりやす。逃げられちゃあ困るんですよ」

「まいるよなあ。俺は練習台かよ」

「剣豪同士なら、胸を借りて稽古と言うところなんでしょうが、あっしの場合は、若旦那さまの鼻と舌をお借りして、といった具合ですかね。今日もよろしくお願いしますよ、若旦那さま」

犬のように鼻がよく、舌も敏感な清太郎には、苦手な食べ物が多い。平たく言えば、極端な偏食家である。

弥助は口と態度こそ軽いが、料理にかけては頑固な職人気質《かたぎ》で、妥協を許さない。偏りのない薬膳の献立を組み、食べ残しを一切認めないのだ。

「とりあえず腹が減っているから、膳の用意を頼む」

「へい。今すぐ」

弥助は立ち上がった。清太郎をも凌《しの》ぐ大男である。上背は清太郎とおっつかっつだが、骨太なたちで、胸も肩もぐっと分厚い。清太郎がまっすぐに伸びる杉の木ならば、弥助はどっしりとした巌《いわお》である。

踵《きびす》を返して台所へ退《しりぞ》く弥助の背中を、清太郎は見送った。

「相変わらず、すげえ背中だ。あの筋肉」

弥助の後ろ姿は、着物の上からでも筋骨の形が見分けられる。目方はかなりあるだろうが、腰も膝《ひざ》も柔らかな動きをして、足音はほとんど立たない。

「力持ちの弥助のおかげで、患者さまを診《み》るときにも助かるのよ。御老体に寝返りひとつ打たせるのだって、ずいぶんな力仕事なの」

「そうだろうな。どうしてあんな恵まれた体の持ち主が、武芸のぶの字にも触れようとしねえんだか。惜しいな」

「弥助は武士ではないわ。弥助の手は、包丁を握るための手よ」

真澄は優雅に微笑んで、汁物の椀に口を付けた。おいしい、と一言。弥助の作る薬膳は、真澄の舌には合うらしい。それとも弥助が真澄の好みに合わせて作っているのか。

弥助はいいやつだ、と清太郎は思う。弥助は四年前から瓜生家に勤める料理人であり、下男であり、真澄の従者でもある。清太郎は弥助の料理を素直に喜ばないのに、一度として怒ったことも腐ったこともない。

一つだけ、弥助に対して意地悪な気持ちもある。弥助のまなざしはいつも熱を帯びて、真澄を見つめている。そいつは筋違いだぜと、清太郎は釘《くぎ》を刺したくなるのだ。

「姉上も罪な人だ」

「急に何よ。さっきの坊やの話?」

「それも含めて、いろいろ」

真澄は美人だ。白い額《ひたい》は形よく広く、鼻と顎《あご》は小作りで、二十六という年よりずっと若く見える。華奢《きやしや》な体つきとも相まって、乙女の清らかさをいまだ留《とど》める印象だ。

美しい真澄はその上、賢く凛々《りり》しい。極めつけは、風変わりな出で立ちである。癖毛の束ね髪に女だてらの袴《はかま》姿、医者の証《あかし》である黒い十徳《じつとく》を羽織り、紅の一つも差さない。ひとたび出会えば、真澄の姿を見忘れる者はいないだろう。

そういえばと、真澄は清太郎に問うた。

「今日は彦馬さんも一緒だと言っていなかった？」

「それが、非番だってのに呼び出されていったんだ」

「忙しいのね。久しく会っていないわ」

「でも、今日は後でここに来るかもしれないぜ。姉上に尋ねたいことが出てくるかもしれないと言っていた」

真澄は眉根を寄せた。

「おかしなところのある死体が見付かった、ということかしら。医者の知恵を必要とするような。彦馬さんも水くさいわね。早く知らせてくれれば、わたしがじかに見に行くこともできたのに」

死体の話をしておいて、真澄は平然と膳の食事を口に運ぶ。

「彦馬さんは、そういうところ、頭が固いからな。俺でさえ、一緒に行かせてもらえなかった」

ほどなく、弥助が戻ってきて、清太郎の前に昼餉の膳を整えた。清太郎は箸《はし》を手に取った。

「真っ白な献立だな」

弥助は、清太郎の茶碗に白湯《さゆ》を注ぎつつ説明した。

「秋らしいってもんでしょう。薬膳の基礎となる五行説にのっとれば、秋は、白のつかさどる時季といわれやすからね。食べるものも、白いものがよいとされますんで」

「そいつはたびたび耳にする。うちの道場に通ってくる果物屋の倅《せがれ》も、実の真っ白な梨が体にいいんだって言って、よく持ってきてくれるんだ。梨はうまいよな」

「おや、若旦那さま。梨がお好きでしたら、お持ちしやすが」

「あるのか？」

「いっとうみずみずしいのを買ってまいりやした」

「じゃあ、後で食いたい。まずはこっちをいただくよ。白いおまんまに、蕪《かぶ》の漬け物、汁の実は豆腐と茸《きのこ》で、お菜は白和《しらあ》えと、こっちの魚の煮たのは何だ？」

清太郎は弥助が答えるより先に、件《くだん》の白い切り身をぱくりと頰張った。舌ざわりは柔らかく、脂が乗って、口の中でほろりと崩れる。甘みを付けた餡《あん》が、細かく骨切りをした身に、よく絡んでいる。

「鰻《うなぎ》でごぜえます。夏の土用に食うのが習わしじゃああありやすが、実は、鰻は秋がいちばん肥えて、滋養にいいのです」

「ああ、なるほど。鰻か」

道理で泥臭いわけだ、と思った。魚特有の生臭さだけではない独特の匂《にお》いが、鰻にはある。

弥助は分厚い掌で、ばしんと自分の膝を打った。

「しくじっちまいましたね。面目ございやせん。泥臭えのでしょう？」

「いや、まあ」

「お顔に書いてありますって。泥はしっかり吐かせ、ぬめりも落とし、丁寧《ていねい》に捌いたつもりでしたが、まだ工夫が足りなかったってことでさあね」

「鰻の匂いはもともと苦手なんだ。でも、これは食えるよ。餡の味付けはいいし。生姜《しょうが》がちょっと辛いけど」

「ありゃ、そっちもですかい。生姜は鰻の臭みを消すし、体を温めて肺を潤しやすから、燥邪《そうじゃ》がはびこって肺が弱っちまう秋には、いい食材です。若旦那さまのぶんは味の加減をしたんですが、これでも辛いですか。まいったなあ」

弥助は大げさに天井を仰いで嘆き、肩を落とした。

気まずくなった清太郎は、鰻の餡かけを白い飯と一緒に搔《か》き込んだ。舌と喉《のど》にじわじわと染みる生姜の辛みを、米粒が和らげる。これなら悪くない。

「弥助の鰻の味付けは、蒲焼《かばや》きよりずっとうまいよ」

「へいへい、若旦那さまはお優しいことで」

「お世辞じゃないさ。蒲焼きは、炭火で焦がした苦みも合わさって、俺の舌にはきついんだ。濃い味付けのたれもつらいし、何だかんだでやっぱり泥臭いし」

　弥助は、それですと手を打った。

「前にも若旦那さまはそうおっしゃっていたでしょう。外で食ってみた蒲焼きがひどかったと。言われてみりゃあ、鰻の蒲焼きみてえに味の濃いもんは、酒の味をわかり始めた大人が好むもんだ。ちびっ子には食わせません」

「俺の舌はちびっ子か」

「違いやすか？　味の濃いものが駄目、匂いのきついものも駄目、ぴりぴり辛いもんなんて以《もっ》ての外、なんていうのは、乳離れする時期のちびっ子と同じでさあ」

　けろりとして言ってのける弥助に、真澄が噴き出した。清太郎は苦笑いの頰を搔いた。気を取り直して、白和えに箸を伸ばす。

「白和えの具は、蓮根と白木耳《しろきくらげ》か。これもまた真っ白だな」

　穴開きの形を残した蓮根は、さくりと小気味のいい歯ざわりだった。白木耳は、くりくりとしている。色こそ白いままだが、下味がきちんと付けられていた。おかげで、蓮根や木耳に付きもののじめじめした土の匂いも消えている。

　ただ、口の天井の奥のほうに、えぐい後味が残った。畑の野菜でないものは、どうにも、あくがきついのだ。

　真澄が食事を終え、箸を置いた。

「清太郎、お行儀が悪いわよ」

「俺は何も言っていない」

「顔に出ているの。好き嫌いをせず、いただきなさい」

「違う。嫌っているわけでも食えないわけでもねえんだ」

「ほらまた口答えをする。季節の巡りがもたらす山海の幸、田畑の恵みは、旬のうちこそ、体内の気を調和する働きが強いの。新鮮であれば、おのずと風味も癖もきつい。この味わいもまた、体に益する薬なのよ」

「知ってるって。その話も、耳にたこができてる」

真澄は頬に手を当てた。

「弥助の言うとおり、清太郎ったら、いつまでも子供ね。極端に好き嫌いの多い清太郎も、じきに何でも食べるようになると思っていたのに。弥助には苦労ばかりさせるわね」

弥助は、二の腕の力こぶを叩いてみせた。

「そこはあっしの腕の見せどころですよ。若旦那さまにも文句を言われねえ薬膳の献立を作り上げりゃあ、ちびっ子を抱えるおっ母さんたちの助けになるでしょう。世の中のお役に立てるってもんです。頑張りますよ」

清太郎は黙って、白和えと飯を掻き込んだ。すぐ空《から》になってしまう飯茶碗に、弥助がすかさず飯をよそう。

真澄は弥助に微笑みかけた。

「わたしは、季節の香りに満ちた弥助の料理が好きよ。今日のお菜は、白和えが特によかった。炒ってすった白胡麻《しろごま》の風味が香ばしくて、おいしかったわ」

「ありがとうございます。釈迦に説法を申しやすが、白胡麻は肺を潤すだけでなく、肌や髪を美しくしやす。女の薬膳には欠かせぬと存じておりやす」

「心遣いをありがとう」

「へい。女中のお葉《よう》さんにも、秋から冬にかけての乾きは女の敵だ、胡麻が乾きをやっつけるんならじゃんじゃん使っとくれと、このところ、しょっちゅう言われておりやしてね」

清太郎は思わず、ぽかんと口を開けた。

「乾きが女の敵ったって、お葉はもう五十路《いそじ》の坂に乗っかっているじゃねえか。今さらどれだけ胡麻を食っても、ぴちぴちした娘の肌に戻るわけでもないだろうに」

そこで急に、咳《せき》払いが聞こえた。勢いよく襖《ふすま》が開くと、お葉が目尻の皺をことさら深くして、にいっと笑っている。

「坊ちゃまがお帰りのようでしたから、葉は繕い物も放り出して、梨を剝いてまいりましたら、まあ、何てことをおっしゃいますやら」

「お葉、聞いていたのか」

「そりゃあもう、坊ちゃまのお声は張りがあって、実によく響きますのでね。五十路の婆の葉の耳にも、ちゃあんと届きましたよ」

「あの、俺はそう悪気を込めて言ったわけじゃあなくてだな」

「はいはい、坊ちゃまはただ正直なだけですものね。あらいやだ、坊ちゃま、今日もまたずいぶんお着物を汚しちまって。それに、袖がほつれちまってるじゃありませんか」

「ああ、やわらの真似事《まねごと》をしたとき、つかまれた拍子に糸が切れたみたいなんだ」

「毎日毎日、稽古だ試合だとお外に出られては、着物を破いたり、穴を開けたり、鉤《かぎ》裂きだらけにしたり。こうも針仕事が尽きなくては、葉の老眼はちっとも休む暇がございません。まったく、坊ちゃまったら」

「お葉、坊ちゃまはやめてくれよ」

「あらあら、これは悪うござんした。若、旦、那、さま」

お葉は忙しく舌を動かしながら、きびきびと手をも動かした。真澄の膳が片付けられ、梨が出される。みずみずしい梨の白い実は、漆器の朱色によく映えていた。

女中のお葉は、清太郎の母である文《ふみ》が長渓に嫁いだ際、一緒に瓜生家へやって来た。屋敷の家事を担い、早死にした文に代わって清太郎と真澄を育てたのが、お葉である。

さあさあと、お葉に尻を叩かれるようにして、清太郎は昼餉を平らげた。ちらりとでも食べ物の不満を顔に出そうものなら、途端に叱責《しっせき》が飛んでくる。

「坊ちゃま、そんなしかめっ面をしては、せっかくの男前が台無しですよ」

清太郎はお葉のお小言にはとっくに慣れっこだ。がみがみとやられても、ちょっと首をすくめるだけ。お葉の見ていない隙《すき》に、ちろっと舌を出して、真澄の苦笑を誘う。弥助は清太郎の共犯者のように、にまにま笑っている。

昼下がりのひとときは、穏やかであった。

しかし、夕刻である。

彦馬は予告どおりに瓜生家を訪れた。昼から夜へと移ろう薄明るい空を背に、彦馬の顔はひどく沈んで見えた。

挨拶《あいさつ》もそこそこに、彦馬は真澄に問うた。

「医者が自ら調合した薬で毒死することがあるなら、それはどういうときでしょうか？」


あくる日は、曇って肌寒かった。時折吹く空っ風に乗って、冬の足音が聞こえてくるようだ。

「火事が増えるな」

彦馬がぽつりと言った。

清太郎が今日の稽古を終え、子供らを家に帰した頃、彦馬が道場にやって来た。弥助の届けた弁当を掻き込むと、清太郎と彦馬は動き出した。

昨日、非番の彦馬を呼び立てた人死にの一件は、道場のごく近所で起こったものだった。

死んだのは、町医者の荒木《あらき》西洞《せいどう》という男だ。年は四十。男やもめで、娘と二人暮らし。明け方、同じ長屋の店子《たなこ》たちが苦悶《くもん》の声を聞き付けて戸を開けたときには、西洞は既にこと切れていた。

清太郎は、浮かない様子の彦馬に改めて尋ねた。

「この件はもうおしまいだと、昨日はいきなり告げられたんだろう？」

「ああ。西洞が調薬の最中に誤って烏頭《うず》を飲んでしまったと、そういうことになった。さっさと亡骸《なきがら》を葬る手筈《てはず》が整えられて、聞き込みも途中で打ち切りだ」

「彦馬さんは引っ掛かっているんだな」

「引っ掛からないほうがおかしいだろう。裏で何者かが糸を引いているんじゃないか、と疑ってしまう」

西洞が飲んだとされる烏頭とは、猛毒で知られる野草、鳥兜《とりかぶと》の根だ。

鳥兜の根は、まばらに生《な》った生姜のような、短足の人参のような格好をしている。

母根のまわりに子根が生ずるが、母根は烏頭、子根は附子《ぶし》といって、どちらも薬種である。むろん、烏頭も附子も多分に毒を含んでいる。

昨日の夕刻に瓜生家を訪れた彦馬は、烏頭の扱いについて真澄に尋ねた。

「万一にも、医者が烏頭を誤飲する事故が、果たして起こるでしょうか」

「考えにくい。事故というのは不自然ね」

「そうですよね。だとすると、他殺か自殺か。物取りの線はありません。部屋は少しも荒らされておらず、西洞が苦し紛れに蹴ったとおぼしき薬研《やげん》が引っ繰り返っていただけでした」

瓜生家の屋敷では、母屋《おもや》の中ノ間を診療部屋として使っている。真澄は、清太郎と彦馬を診療部屋に連れていき、烏頭の実物を見せた。

診療部屋には独特の匂いがある。つんとして、苦いのと甘いのが混じった薬の匂いだ。

その空気の中でも、烏頭の匂いは、はっきりとわかった。真澄が烏頭を収めた小箱を開けたとき、きつい匂いが鼻と目と、遅れて喉に突き刺さった。

清太郎は顔をしかめて後ずさった。

「これが毒の匂いか。鼻も目も喉もびりびりする」

「清太郎くらい感覚が鋭ければ、まずいものだというのは、すぐに勘付くでしょう。

烏頭は、薬に関わる者が真っ先に覚えるべき薬種の一つよ。いちばん小さな薬匙《やくし》に半分の量があれば、人を死なせるのに十分だといわれている」

真澄は小箱の蓋《ふた》を閉め、薬簞笥《だんす》とは別の棚の引き出しに烏頭の小箱をしまい、鍵《かぎ》をかけた。

彦馬は憂い顔だった。

「俺の管轄に、薬種問屋の次男坊で、下っ引きをしている男がいます。その男に現場を改めさせました。薬研に残った薬と、まだすられていない残りを見て、間違いなく烏頭だと判断しました」

検証に当たった下っ引きの家の屋号を彦馬が挙げると、真澄は合点した。信用の置ける店なのだろう。真澄は彦馬に確かめた。

「死体の様子はどうだったの？」

「明らかに毒死でした。そして、石見《いわみ》銀山の毒死とは様子が違いました。石見銀山は、口も食道もぐちゃぐちゃに荒れて、吐くでしょう？　死ぬまでに時がかかることも多い。下痢に水気を取られて死ぬ者もいます」

「西洞先生の死体はそうではなかったのね」

「心臓が痛み、そのまま止まってしまった、という格好で死んでいました。嘔吐も少し。薬研の薬を鼠《ねずみ》に与えると、まず痺《しび》れて、ものを吐き、苦しんだと思うと、あっという間に死にました」

「その死に方は、確かに」

「烏頭ですか」

真澄は額に手を当て、うなずいた。

「烏兜の母根である烏頭は毒性が強すぎて、薬に使えない。子根の附子でさえ扱いが難しくて、修治《しゆうじ》という処理を施して毒性を弱めないといけないし、的確にそれができる者も限られる。烏頭なんて、まともな医者なら持っていやしないの」

「姉上は持ってるじゃないか」

「古法の研究のためよ。古《いにしえ》の時代、漢《かん》の国の医者が残した医書には、今は用いられなくなった薬種の使用が認められるの。烏頭もその一つ」

では、と彦馬は前のめりになった。

「薬に使えもしない烏頭を、裕福でもない町医者がわざわざ保持しているのはおかしい。ということは、西洞がどこから烏頭を手に入れたかを探れば、西洞の死の謎に迫れるかもしれませんね」

「その線は見込みがあるかもしれないわ。西洞先生の部屋から出た烏頭は、もう処分されたの？」

「おそらく。ただ、俺は確認していないんですよ。外で聞き込みに当たっていたところで、急に、捜索の打ち切りを言い渡されたので」

「何だか気味の悪い話ね。おかしなことが続かなければいいけれど」

真澄は眉を曇らせたままだった。彦馬と清太郎が調査の手筈を打ち合わせるのを聞きながら、ちょっとうらやましげでもあった。それが昨日の夕刻のことである。

昼下がりの往来を行きながら、清太郎は彦馬に確かめた。

「この件、調べを続けるんだろう?」

「ああ。証のないことを言うのは好きじゃないが、嫌な感じがしてならない」

「俺も彦馬さんの第六感を信じるぞ。俺にも手伝わせてくれ。ここまで聞いちまったんだ。やらせてくれるんだろう?」

「ああ……公《おおやけ》に認められた動きではないから、むしろ、岡っ引きを動員するより清さんと一緒のほうがいい。厄介ごとに巻き込んだかもしれんが」

清太郎は張り切って、にっと笑ってみせた。

「水くさいことは言いっこなしだ。俺たちはバ、ディ、なんだぜ」

彦馬もほんの少し微笑んだ。

「バディか」

「格好いい響きじゃねえか。姉上がアンゲリア語の辞書を引いて教えてくれた言葉だ。江戸広しといえども、俺たちのほかに、バディを名乗るやつはいないんだぜ」

「そうだな。よろしく頼むぞ、バディ」

西洞の住んでいた長屋を訪れると、差配の与兵衛《よへえ》が案内に立った。西洞の住まいはきっちりした印象だった。古びた家具や鍋の類《たぐ》いの並び方がいちいち整っている。ただ、隅のほうにはいくらか埃《ほこり》がたまっていた。

清太郎は、嗅《か》ぎ慣れた匂いに顔をしかめた。

「薬くせえな」

彦馬は少し笑った。定廻り同心の証たる巻羽織を身に着けず、お店者のように洒落《しゃれ》た着流し姿である。辛うじて刀は差している。

「医者の住まいだからな」

「おかげで、死臭も感じねえが。血はほとんど流れちゃいなかったんだな」

「ああ。少し吐いたという程度だった。外傷はなく、胸を掻きむしる格好で、部屋の真ん中で倒れていた。娘と二人暮らしの所帯だが、死んだときは一人だったようだ」

竈《かまど》のところに、履き古した女物の下駄がちんまりと置かれている。蠅帳《はいちょう》の上には箱膳が二人ぶん。ものは少ない。着物をしまう簞笥よりも、薬簞笥のほうが大きいくらいだ。

白髪《しらが》頭の与兵衛は、痩《や》せた体を縮めるようにして、しょぼしょぼと言った。

「西洞さんはいい人でしたよ。まじめで人当たりがよくて。娘のお千花《ちか》ちゃんが三つの頃にここへ移ってきたとき、嫁さんとはもう死に別れていた。それでも、しゃんと前を向いて働いて、男手ひとつでお千花ちゃんを育て上げやしてね」

「そのお千花ちゃんってのは、今いくつだって？」

「十七ですよ。この子がまたよくできていて、お父っつぁんの往診に付いていっちゃあ、まめまめしく手伝って、薬が足りないとなりゃあ、ひとっ走り取りに帰ってくる。裾《すそ》をからげて風のように駆ける、元気な韋駄天《いだてん》娘でして」

「お転婆で働き者か。長屋の人たちに、親子ともども好かれていたんだな」

「もちろんですとも」

「しかし、孝行娘のお千花ちゃんは、まだ帰ってきていないのか。お父っつぁんがこんなことになったのに」

　お千花は三月ほど前から奉公に出ているという。ここへ来る道すがら、そんなふうに彦馬に教わった。

　与兵衛は答えた。

「それがね、旦那がた。ちょいとおかしなことでして、こんなことがあって初めてわかったんだが、あたしら、誰ひとりとして、お千花ちゃんの奉公先を知らねえんですよ。縁あって、さる高家《こうけ》に、とだけ聞きやしたけども」

「高家に？　武家の屋敷にでも召し上げられたのか？」

「さあ、そのへんも、何とも。ただ、ひょっとすると、わけありの縁談じゃあないかねってな話を、店子のおかみさん連中はしていたようでさあ。あたしもその線はあるんじゃないかと思いやして」

「縁談か。十七の娘なら、確かに」

「西洞さんも、こんなことを言っていたんです。もうすぐお千花に嫁入り道具を買ってやれる、とね。あたしゃね、ああ、お千花ちゃんもそんな年頃になっちまったんだなあと、寂しいような嬉しいような気持ちになったもんですよ」

清太郎と彦馬は、鋭く視線を交わした。清太郎は彦馬の目に、与兵衛の感傷とはまったく違う色を見た。清太郎自身が抱いたのと同じ、疑惑の色である。

彦馬が静かな調子で言った。

「与兵衛さん、もう一度、確認させてください。荒木西洞先生の患家に裕福な者はいなかった。薬代の支払いが滞るような者ばかりだった。そうですね？」

「ええ」

「そんな西洞先生に、娘の花嫁道具を買えるほどの大金を得る見込みが、本当にあったのでしょうか？」

「大金を得る……どうでしょうねえ。店賃をためることは一度もなかったが、蓄えをしているようには見えなんだ。もちろん、おかしな取引に手を染めるようなお人でもありゃあしませんよ。そんなやつぁ、この長屋に置いてやしません」

「そうすると、なぜ西洞先生は嫁入り道具などと言い出したのでしょう？　買ってやれる、という口ぶりだったのですね？　買ってやりたい、ではなく」

「買ってやりたいってえ話は、もともとでさあね。男親なら、酒でも飲んで舌が滑らかになりゃあ、そういう本心をぽろっとこぼしちまうもんでしょう」

「しかし、先頃の西洞先生は、その普段の話とは違った様子で、買ってやれると言ったのですね」

「へい、おっしゃるとおりで。お千花ちゃんが奉公に上がって、西洞さんは一人で何もかもやらなけりゃならなくて、忙しそうにしていたときにね。無理をするんじゃあないよと声を掛けたら、嫁入り道具の話をしたんですよ」

「なるほど。わかりました」

彦馬は懐手をして、じっと黙った。

与兵衛は清太郎を見上げ、彦馬と見比べた。

「旦那がたは、お二人とも同心というわけじゃあないんで？　藤代の旦那とは昨日、お話ししやしたが」

清太郎は破顔した。

「俺は捕り手じゃあないんだ。瓜生清太郎といって、すぐ近所の道場で子供らを相手に剣術を教えている」

「子供相手に。なるほど、それでずいぶんお優しい印象というか、おさむらいさまだというのに、お話しやすいんでさあね。子供らにもおっ母さんたちにも人気でしょう」

「そう言ってもらえると嬉しいな。子供らは正直で、容赦がないんだ。こっちがちょっとでもずるいことをすると、若先生、格好悪いぞって。おかげで俺のほうが心身共に鍛えられている」

清太郎は頭を搔いた。彦馬は清太郎の胸を軽く小突いた。

「俺とは逆だな。ずるかろうが何だろうが、犯人を暴けば勝ちだ」

「彦馬さんのやり方は、それはそれで格好いいよ」

「それはどうも。さあ、次に行くぞ」

優しげに整った彦馬の顔は笑みを繕っていたが、まなざしばかりは鋭く冷えていた。


長屋での聞き込みでは、与兵衛が話したこと以上の収穫はなかった。皆、一様に西洞とお千花の人柄を誉《ほ》め、西洞の死を嘆き、お千花の不在に首をかしげた。

西洞の患家を何軒か教えてもらうと、清太郎と彦馬は長屋を辞した。

付近には、武家と商家が入り交じっている。通りを一つ入れば、与兵衛長屋のような質素な裏店もある。

表通りの人の流れはせわしなかった。店先では呼び込みの声が響いている。それに負けじと、大声でおしゃべりをする男がおり、女がいる。ときどき子供がはしゃぎながら駆けてゆく。

彦馬は、雑踏のにぎわいに紛れる小声で語った。

「昨日は西洞の馴染《なじ》みの薬種問屋を当たった。烏頭の取り扱いはしていないことと、西洞がこの四月ほど店に姿を現していないことがわかった」

「烏頭の出どころは、そこじゃなかったわけだな」

「心当たりはないと言っていたよ。なぜ西洞が店に来なくなったのかもわからないと」

清太郎と彦馬は人波の中を数町行くと、小間物屋におとないを告げた。だが、店の者は客を捌くのに忙しそうだ。

「こりゃあ待たされるかな」

清太郎がぼやいた、そのときだ。

「あれ、若先生？　どうしたのさ？」

少し掠れた、しかしまだ細く高い少年の声が、清太郎を呼んだ。振り向くと、道場の教え子、直二が目をしばたたいている。

直二はお使いに行ってきたところらしく、右手に風呂敷包みを提げていた。左手には、妹とおぼしき女の子がくっついている。

「なるほど、ここは直二のところの店か」

直二は、むっと唇を突き出した。

「何だ、おいらに用があるんじゃねえんだ。彦馬さんと一緒に来たから、てっきり、あの野良犬のことだと思ったのに」

野良犬と言われて、清太郎は、あっという顔をしてしまった。昨日、稽古の後に直二と約束した件を、すっかり忘れていたのだ。

清太郎がぼろを出すより先に、微笑んだ彦馬が割って入った。

「家の人から少し話を聞かせてもらおうと思ったんだ。荒木西洞という医者のことは、直二も知っているかな？」

「もちろん知ってるよ。おいらのお祖母《ばあ》さんが消渇《しょうかち》で、もうずっと長いこと、十日にいっぺんは西洞先生がうちに往診に来てくれてるんだ。次は確か三日後に来るよ。それが何だってんだい？」

清太郎と彦馬は顔を見合わせた。直二やその家族はまだ西洞の死を知らない。昨日は、患家に当たる前に、慌ただしく聞き込みが打ち切られたのだ。

彦馬はひそやかに告げた。

「西洞先生が亡くなった。それを直二のお祖母さんにも伝えないといけない」

直二は目を見張った。えっ、と大きな声を上げたのは、直二の後ろに隠れていた妹だ。妹は、清太郎と彦馬に見つめられると、たちまちぽろぽろと泣き出した。直二は妹の頭を撫《な》でてやり、優しく諭して店の奥へと下がらせた。

泣きべその小さな後ろ姿を見送ってから、直二は、しっかりとした目で清太郎と彦馬を見上げた。

「おみよっていうんだ、あいつ。おいらの妹。九つだけど、もっとちっちゃく見えただろう？　おいらは年の割に背が高いけどさ。でも、似てなくても当たり前なんだ。おみよは本当の妹じゃあなくて、従妹《いとこ》だから」

「養女なのか？」

「そうだよ、若先生。おみよの父親ってのがおいらの叔父さんだけど、早くに死んじまった。おみよの母親は去年だ。胸を病んでた。死ぬまでずっと、見放しもせずに診てくれてたのが、西洞先生だ」

「俺たちは、おみよにとってつらい知らせをいきなり持ってきちまったわけか。泣かせて悪いな」

「若先生たちのせいじゃないよ。おみよは泣き虫でさ。前はそうでもなかったんだけど、やっぱり、叔母さんがもう長くないってわかって、うちに来た頃からかな。雷が鳴るのにも犬が吠えるのにも、いちいち怖がるようになって」

「ああ、だから、野良犬が次々と死んでいる事件に、おみよは人一倍、怖がって悲しむんだな」

「うん。犬畜生なんていう言い方をする大人もいるけど、あんなに苦しめて殺すなんて、まともな人間のすることじゃあないだろう？　やったのはきっと、ひどい悪党なんだよ」

彦馬の顔に鋭い表情が閃《ひらめ》いた。

「野良犬が次々と殺されている？　ひどく苦しんで死んでいるのか？　それはどんな死に方なんだ？」

直二はささやき声になって答えた。

「毒を食わされたみたいな死に方だよ。体に傷はなくて、争う音も聞こえない。ただ、すごくつらそうな声を上げて唸って、苦しんでひどい顔になって死んでる。毒っていっても、鼠取りの毒とは違うやつだ。もっと、あっという間に死ぬんだよ」

「尋常ではないな。鼠取りの石見銀山よりも強烈な毒か」

清太郎も気が付いた。

「彦馬さん、その毒って……」

野良犬の死に様は、西洞のそれと似ている。清太郎はそう言おうとしたが、彦馬は首を横に振った。清太郎は言葉を呑み込んだ。

彦馬は柔和な笑みを口元にこしらえた。

「直二、今から少し、お祖母さんと話をしたい。今日、お加減はどうだろう？」

「話をするくらいなら、まったく平気さ。お祖母さんはいつも話し相手をほしがっているしね」

「それはこちらにとってもありがたい」

直二は彦馬に笑ってみせたが、すぐに不安そうに眉を曇らせた。

「西洞先生がいなくなっちまったんなら、お祖母さんの病気、誰が治してくれるんだろう？　西洞先生の薬のおかげでずいぶん体が楽だって、お祖母さん、言っているのに」

清太郎は直二の小さな肩に、ぽんと掌を載せた。

「心配するな。俺が姉上に相談しておくよ。俺の姉上は腕利きの医者なんだ」

「本当に？　頼むよ、若先生」

「おう、わかった。さあ、直二、お祖母さんに話を通してきてくれよ。良薬に優るとも劣らぬ男前が二人、見舞いがてら話を聞きに来たが、お目通りはかなわぬかってな」

直二の祖母はお亀《かめ》といって、直二が言うとおり、話し好きな婆さんだった。

お亀は消渇の患者にありがちな、たっぷりと肥えた体つきをしていた。それでも、西洞の診療を受け、服薬から食事まで指示を仰ぐようになってから、だいぶ目方が減ったという。

話し好きなお亀はまた、物覚えにも優れていた。流行りの小間物屋には噂話がよく集まる。彦馬が質問を投げると、誰それからいつ聞いた話だけどね、と要点に沿って流れをまとめ、手際よく証言をした。

「なかなかたいした婆さんだったな」

帰り道を急ぎながら、清太郎は言った。彦馬はうなずいた。

「おかげで話の整理ができた。お亀さんの話によると、西洞が思い悩む素振りを見せ始めたのが夏の盛りの頃の、およそ四月前。娘のお千花が奉公に出たのは三月前。それからどんどん西洞は痩せ、胃が痛むとこぼすようになった」

西洞はお千花がいなくなってから目に見えて弱っていったが、丁寧な診療そのものに変わりはなかったそうだ。ただ、二月ほど前に一度だけ、ちょっと気になることをお亀に問うた。

「実は一月、二月前から薬の仕入れ先が替わったのです。薬の効きに変化は感じませんか？」

つまりは三月、四月前に、西洞は新たな薬種商人と取引を始めたということになる。それまで馴染みだった薬種問屋が西洞を見掛けなくなった時期と、これは一致する。

お亀からその話を聞いたとき、清太郎は思わず膝を打ったのだった。

「西洞の後ろには、謎の薬種商人がいるってわけだ。そいつが烏頭の入手に絡んでいる可能性が高い」

「そして、不審な死に方をする野良犬が出始めたのも同じ時期、三月、四月ほど前だ。死んだ犬の数は、わかっているだけで二十から三十。大変な数だな」

「薬種商人が犬殺しの下手人か？　烏頭の毒の効きを犬で試して、ついに標的の西洞を殺した？」

「それにしてはやり口が回りくどいし、殺された犬の数が多すぎる。犬を殺すために殺していたというべきか、毒を食わせるために食わせていたというべきか」

「殺すも毒を食わせるも一緒じゃねえのか？」

「俺は、そこは違うと考える。殺すのが目的なら、毒を食わせるのは手段だ。毒を食わせるのが目的なら、犬が死んだのは結果に過ぎない」

「そういうもんか」

「犬の死因が本当に烏頭なのか、それもはっきりしない。薬種商人と西洞のつながりも、西洞の死と犬の死のつながりも、毒と薬種商人のつながりも」

「証拠は何もないな。おかしな出来事が同じ時期に重なって起こっている、というだけで」

「次に犬が死ぬことがあれば、きちんと調べたいところだが、果たして次があるのかどうか」

早足で道を行きながら、早口でささやいている。どれほどの小声でも、耳の鋭い清太郎は聞き漏らさない。彦馬もまた、聞きたい音だけを耳に拾うよう修練を積んでいる。二人の会話は雑踏の中で、ほとんど秘密裏に交わされていた。

突然だった。

気配がある、と清太郎は気付いた。そのときには、斜め後ろからどすんと当たられていた。

「うわっ」

重心を崩されて転んだ。あまりにもあっさりと土を付けられ、瞬時、頭が真っ白になった。

彦馬が目を丸くする。

「清さん？」

ぽかんと彦馬を見上げ、それから、清太郎は跳ね起きて人混《ひとご》みに目を凝らした。

「くそ、わからねえ」

「どうしたんだ？」

「ぶつかられたんだよ。転ばされた。何だったんだ、今のは。ただもんじゃあねえぞ」

清太郎も彦馬も武芸者らしく、極めて健脚である。二人の早足に追い付くためには、並みの人間なら駆け足になるはずだ。

しかし、そんな足音も気配も感じられなかった。それどころか、攻撃を受けるそのときまで、清太郎には敵意も殺気もわからなかった。

「刃物を持った相手じゃなくて、よかったな」

「金気がありゃあ、さすがにもうちょっと早く気付くさ。しかし、さっきのは一体……」

清太郎の袂《たもと》から落ちるものがあった。紙だ。小さく折り畳まれている。

「それは？」

「覚えがねえ。さっきのやつが袂に突っ込みやがったか？」

清太郎は、店の軒先のこぼれる光の下に行って、紙を開いた。彦馬が横からのぞき込んだ。

「何なんだ、これは……！」

全身、総毛立った。

紙には、男のものと思われるしなやかな手で一筆、脅し文句が書き付けられていた。

探るな、さもなくば殺す、と。

二　鳥、歌う

真澄は秋風を深く胸に吸い込み、おとないを告げた。八丁堀は同心長屋の一角にある藤代忠司《ちゅうじ》の屋敷である。

忠司の妻、房《ふさ》が自らいそいそと姿を見せた。

真澄はにこりと会釈《えしゃく》をした。

「こんにちは、おばさま」

「まもなく真澄さんが見える頃だと、皆で待ちかねていたのよ。あらあら、今日もお供を連れずにお一人で。薬箱も重たいでしょうに。さあさ、どうぞお上がりになって」

牛込御徒町から半刻《はんとき》ほど歩いて八丁堀まで往診に出向くのは、月に一度の習わしである。

定廻りの同心だった忠司は、四十路《よそじ》から患っていた痛風が抜き差しならなくなり、三年前、息子に家督を譲った。息子というのが、彦馬である。

真澄と清太郎の亡母、文の実家は八丁堀にある。幼い時分の真澄と清太郎はしょっちゅう八丁堀を訪れ、近所に住む彦馬とも親しく遊んだものだ。

その頃の縁がずっと続いている。真澄が医者として独り立ちしたとき、最初に患者の名乗りを上げたのは、彦馬の両親だった。真澄を古くからよく知る八丁堀の面々がそれに続いた。

「おばさま、おじさまの具合はいかがですか？」

房はぽっちゃりした肩をそびやかした。

「まずまずではあるけれどね。痛みの発作も起こっていないし。だけど、ちょっと具合がいいからって、調子に乗っちゃっているのよ」

「まあ。またお酒を召し上がっているの？」

「そうなのよ。この間、また酒瓶《さかびん》を隠しているのを見付けて、取り上げてあげたわ。それで、わあわあ騒ぐものだから、薙刀《なぎなた》を持ち出してきて、お黙りッて一喝してねえ」

房は娘の頃、真澄の母である文と二人、当代まれに見る女傑として鳴らした。薙刀を振り回しての他流試合は、並みの男では太刀《たち》打ちできなかったという。真澄に薙刀と短刀の扱いを仕込んだのも房である。

居間では、患者たちが茶を飲んでくつろぎながら、真澄の到着を待っていた。真澄は皆に挨拶をすると早速、診療を始めた。

まずは忠司である。布団の上に仰向《あおむ》けになった忠司と、真澄は向き合った。

「おじさま、お加減はいかがですか?」

「このところは、すこぶるいいよ。名医が診てくれているおかげだな」

「ありがとうございます。でも、油断はできませんよ。食べてはならないものを食べたり、お酒を飲んだり、汗をかいたまま冷えたりすると、発作のもとになりますからね」

「おお、怖い。美人が睨《にら》むと、鬼が睨むより怖いぞ」

忠司はにやりとして房を見やった。真澄は忠司の脈を按じながら、手の甲をつねった。

「おじさま、まじめに聞いて。夏の初めにしこたまお酒を飲んだ後、あちこちがひどく痛んで七転八倒したでしょう。足の指だけでなく、踝《くるぶし》も膝も腫れ上がって、熱が出て黄汗は止まらないし、顔色もひどく黒ずんで。またあんな目に遭いたいのですか?」

忠司が発作を起こした初夏は、痛風の患者にとって危険な季節である。痛風は、体内の湿と、熱や風などの外邪とが相打つことによって発症する病だ。さらにそこへ、季節に由来する湿邪まで加わると、発作はてきめんに起きやすくなる。

痛風が重くなれば、やがて腎を傷める者が多い。腎を病めば、顔色は黒くなり、下半身が萎《な》える。

忠司は芝居がかって、ぶるっと震えてみせた。

「腎虚になんぞなってたまるかってんだ。あの発作からしばらくは、こっちのほうが役立たずになっちまって、ほとほと参った。若い者には負けてねえはずのこれがなあ」

忠司の手が危うい動きをしてみせる。腎とは、尿の排出をつかさどると共に、男であれば精の宿るところでもあるのだ。

真澄は見て見ぬふりをして、忠司の足を押さえ込んだ。

「おじさま、足の腫れを診ますね。痛かったらおっしゃってください」

真澄は注意深く忠司の足に触れた。踝や親指の付け根が歪《いびつ》に盛り上がっている。骨と骨の継ぎ目に新たな骨の芽が生じてしまったかのようにもうかがえる。

痛風は、医書に特に多く記載される病の一つだ。古今東西を問わず、激痛によって人を苦しめる病として、医者の頭を悩ませてきたものである。

骨の形を歪めるほどにきつい症状を呈しても、痛風は即座に人の命を奪う病ではない。一生涯、ただ痛い。風が触れるだけでも痛い。そういう病だ。

忠司は首だけ起こして真澄の仕事ぶりを眺めた。

「真澄さんも熱心だ。病人の汚い足なんぞ、丁寧にさすってくれるとはな」

「あら、世のため人のために汚れ仕事でも何でもやってのけようという心意気は、わたし、おじさまのお背中から教わったのよ」

「よせやい。昔のことだ」

笑った忠司の顔に赤みが差した。幼子の頬の赤みとは違い、注意を払わねばならぬたちの赤ら顔だ。

忠司は、上焦《じようしよう》、つまり肺より上の器官において血と気の巡りがよい体質である。これが不摂生な暮らしぶりとかち合うと、脳に卒中を起こしやすい。

「昔のことだなんておっしゃっても、おじさまは今でも事件に首を突っ込んでいらっしゃるのでしょう？　こうやって八丁堀の情報通の皆さんを集めて、おかしなことに気付けば、彦馬さんに教えてあげたりして」

「いやいや、あいつも生意気でな。よほどのことがない限りは、俺の言うことに耳を貸そうともせん。まあ、突っ張れるだけ突っ張って、やってみりゃあいいさ。あいつは俺の息子だけあって筋がいい。まじめくさった顔をしていやがるのが難点だがな」

同心時代の忠司は、暴れ達磨《だるま》と異名を取る男だった。剛力を誇る体軀《たいく》は力士のように丸々として、大酒飲みの顔は常に赤みを帯びていた。十手ひとつで悪党の長ドスを叩き折り、やわらの術で生け捕りにするのが得意の手だった。

「本当、彦馬さんは頑張りすぎかもしれません」

「おかげで、浮いた話の一つもない。情けねえ限りだ」

「彦馬さんは女に持てますよ。清太郎がそう言っていました」

「言い寄られても、据え膳を用意されても、あいつは手を出さねえらしいじゃねえか。そういうのは、持てるとは言わねえんだよ。男はなあ……」

咳払いが聞こえた。房が冷ややかに忠司を睨み付けている。房はぷりぷりとして立ち上がった。

「お茶を淹《い》れ直してまいります」

こういうとき、足を踏み鳴らさないところが、房はさすがである。大股のすり足は武芸者のそれだった。

房が居間を出ていってから、忠司はようやく肩の力を抜いた。

「あれも昔はかわいげがあったんだがなあ」

「おばさまは今でもすてきよ。おじさまの目は節穴なのではなくて？」

「真澄さんも言うなあ。そう気が強くては、嫁のもらい手が本当になくなっちまうぞ。あの薄情者は、便りの一つも寄越さないんだろう？」

一瞬、呼吸も鼓動も止まったように感じた。忠司の足を診る手が、つい止まる。

「……ええ、困ったものです」

「八年だったたか。真澄さんの許婚《いいなずけ》が長崎に旅立ってから」

「医学の修業をすると言って姿を消してそれっきり。そんないい加減なやつぁ、さっさと見限っちまえ」

「はい」

真澄の顔はおのずと強張《こわば》った。喉が干上がる。胸中のさざ波が体を伝い、もとよりひんやりとした真澄の指先を震わせた。

忠司は身を起こし、真澄の顔をのぞき込んだ。

「悪いこたあ言わねえ。意地を張るのはそろそろやめろ。せっかくこんな美人になったんだ。むざむざしおれて枯れるに任せるってえのは、見ていられねえ」

「おじさま、心配していただかなくても、わたしは平気よ」

忠司は声をひそめた。昔、同心の極意だと言って、他人に盗み聞きされない内緒話のやり方を教えてくれたときのように。

「うちの倅では不足か？」

目元を引き締めたときの顔は、彦馬と忠司と、確かに似ている。

真澄は途方に暮れた。真澄にとって、忠司は二人目の父であり、房は母の代わりだ。彦馬は弟のようなものだ。だから、清太郎と同じく大切なのだ。

答えられない真澄に、忠司は赤ら顔をくしゃくしゃに崩してみせた。

「振られたな。仕方ねえ。不甲斐ねえからな。あいつはもっと男を磨かなけりゃならん」

「何をおっしゃるの、おじさま」

「今のは忘れてくれ。真澄さんに似合いそうなやつを見付けて紹介してやる」

「おじさま、もうやめて。おかしなことばかり言ってらっしゃらないで、横になってください。起き上がっているときに膝をさわったら痛むのでしょう?」

真澄は忠司の肩を押して、布団の上に転がした。忠司は素直に仰向けになりながら、冗談めかしてうそぶいた。

「俺があと二十ほど若けりゃあなあ。こんないい女を放っておきゃしないがね」

隙のない分厚い掌が、真澄の太腿《ふともも》を撫でさする。真澄は容赦なく、ぴしゃりと忠司の手を払いのけた。

「おじさまが若くなくてよかったわ。わたし、おばさまと張り合うなんて、到底できそうにないもの。では、お膝の具合を診ますね。痛むかもしれませんけれど」

真澄は忠司の膝を剝き出しにすると、でこぼこになった皿のくぼみに指を添え、軽く押した。

忠司はくぐもった声を上げた。刺されでもしたかのような、切羽詰まった呻《うめ》きである。ばたばたと布団を打つのは、もうやめてくれと訴えているのか。

「お膝の腫れ具合、危うい感じがしますね。おじさま、本当にお酒は控えてくださいね？」

　忠司は、ばたばたと布団を打って返事をした。


　唐突に、鳥が鳴いた。

　ほう、ほけきょ。けきょ、けきょ。ほう、ほけきょ。

　うぐいすである。庭のほうから聞こえた。季節外れもよいところだ。うぐいすは春の訪れと共に鳴き始め、夏が終わる頃には声を聞かなくなる。冬を前にすると、暖かい土地を求めて、空っ風の吹く江戸から飛び去るらしい。

　診療を受けた患者たちは、昼の飯時になって帰っていった。真澄は藤代邸で、房が腕を振るう昼餉をいただくことになっている。

　ほう、ほけきょ。

　美しい声でさえずるうぐいすは雄だという。つがいを探すために、あのよく通る声で歌うのだ。

　真澄は庭に出た。そこにうぐいすはいなかった。声の主は彦馬である。

　ほう、ほけきょ。

　竹でできた小さな笛を口にくわえ、彦馬は巧みにさえずっていた。真澄がいるのに気付き、鳥の声で挨拶をして、笛を唇から離す。

　真澄は手を叩いた。

「本物かと思ったわ。そっくりな声だこと。その笛、彦馬さんが作ったのね？」

「はい。でも、季節外れになってしまいましたね。なかなか暇が取れず、作業が延び延びになって」

「相変わらず上手に作るわね。今日は、お勤めは？」

「ちょっと抜けてきたところです。こっちのほうへ来る用事があったので」

「お邪魔しております。おじさまの具合は、ちょっと油断ができないわね。またお酒を飲んでいたみたい」

「親父も馬鹿ですよ。本当に懲りない」

「彦馬さんはおじさまと正反対ね」

「そうだったら嬉しいんですが」

　丁子《ちょうじ》の油の香りがした。彦馬の髪だ。こぼれ毛ひとつなくきれいに整えられ、つやつやしている。

「彦馬さん、昼のお食事はどうするの？」

「もちろん俺もここで食べていきますよ。真澄さんがいるときは、昼餉が上等なんです。母が張り切るから。それで、俺も御相伴にあずかろうと思い立ちまして」

彦馬はまた笛を吹く。季節が春ならば、雌のうぐいすが誘われて集まってきたかもしれない。

掌にすっかり隠れてしまう大きさの笛には、うぐいすを模した丸っこい小鳥が彫られている。削った断面はきれいに磨かれ、ささくれなど一つもない。値が付いてもおかしくない、見事な工芸品だ。

彦馬は昔から手先が器用だった。木や竹を彫って玩具を作るのはいっとう得意だし、繕い物もうまい。清太郎が稽古で髷をぐしゃぐしゃにすれば、髪結いの真似事までやってのける。

去年の夏、真澄の薬箱の修理をしたのも彦馬だった。たまたま清太郎に誘われて、瓜生家の屋敷へ夕涼みに来ていた折だ。俺が直しますよと言って八丁堀へ持ち帰り、三日後に真澄のもとへ届けてくれた。

戻ってきた薬箱は、すっかりきれいになっていた。外れた取っ手が付け替えられただけでなく、滑りの悪かった引き出しや、ぐらついていた蝶番《ちょうつがい》も直してあった。側面にあった傷は、桔梗《ききょう》の花の飾り彫りで隠されていた。

真澄は声をひそめた。

「昨日、清太郎と調べていた件はどうなったの？　何か手掛かりはつかめた？」

彦馬は思案深げに目を細めた。

「あまり真澄さんを巻き込みたくはないのですが、一つ訊《き》きたいことが」

「何かしら」

「最近、牛込のほうに、新しい薬種問屋が店を出したという話は聞きますか?」

「薬種問屋? いえ、知らないわ。誰がそんな話を? 死んだ荒木西洞と取引があったということ?」

「まあ、ええ」

「烏頭を仕入れたのも、その正体不明の薬種問屋からなのね」

「ええ……」

彦馬の返事はどうにも歯切れが悪かった。

「ねえ、彦馬さん。昨日つかんだことを詳しく聞かせて。わたしも謎を解き明かす手伝いをしたい」

「もう十分に手伝ってもらっていますよ」

「いいえ、十分ではない。わからないことが、まだたくさんあるのでしょう?」

「ありますが、しかし」

「昨日の聞き込みでは、どういう話になったの?」

彦馬は庭の木を見やった。もみじはもうほとんど葉が落ちている。

「話せませんよ。人が一人、死んでいるんです。下手人がいるかもしれない。そいつがどう動くかわからない。危険です。ただでさえ、俺の勤めのことを真澄さんに話すことも適切ではないのに、これ以上は」

　真澄は食い下がった。

「力になりたいのよ。わたし、今日はこの後、往診もないの。喜多村《きたむら》先生のところにうかがって、何か御存じではないか尋ねることもできるし、彦馬さんの調べ物に同行することも……」

　おしまいまで言わせてもらえなかった。

「いけません」

　彦馬の声は思いがけず強かった。彦馬は、ひたと真澄を見つめた。真剣な、そして冷たいまなざしをしている。その視線が、つと下がった。眉間に皺が寄った。

　真澄は察した。彦馬は、袖口からのぞく真澄の腕を見ている。白い肌に醜い傷痕を残す腕を。真澄はそっと袖を直した。

「ごめんなさい、差し出がましい口を利いて」

「……いや、そんなことはないんですが」

「世話を焼きたくなってしまうの。わたしは昔から、あなたの姉のような気持ちでいるのです」

「姉、ですか」

「けれど、あなたはわたしの弟ではないし、もう子供でもありません。大変なお役目を担う、立派な大人です。本当、勝手なことばかり言ってしまって、ごめんなさい」

見上げなければ、彦馬の顔と向き合えない。真澄の目は今、低いところをさまよっている。ああ、彦馬さんは今日は着流しではないのねと、真澄は気が付いた。大小を差した羽織袴こそ、きりりとして彦馬に似合うと思う。

柔らかな吐息が聞こえた。真澄の頭のてっぺんに降りてきたそれは、ふふ、と控えめに喉の奥を鳴らして笑う声である。

「困りますね。急にそうやってしおらしく謝られてしまうと、どうしていいかわからなくなりますよ。ねえ、姉上さま?」

真澄は顔を上げた。彦馬は、ふふ、と笑っている。ただ、目だけはひどく冷静に真澄の様子をうかがっている。

おどけてみせるしかなかった。

真澄は袂で彦馬をぶつふりをした。

「日頃はしおらしくなくて、悪うございました。彦馬さんも生意気を言うようになったものね」

「御機嫌を直してくださいよ、姉上さま。この笛、一つ差し上げますから。幼い子供を診るとき、こういうおもちゃがあると、都合がいいでしょう?」

彦馬は袂から小さな竹笛を出した。先ほど彦馬が吹いていたのとそっくり同じ形の、うぐいすを彫った笛である。

真澄はうぐいすの笛を受け取った。

「もうっ、贈り物で釣ろうとするのね」

「気に入りませんか？」

「そんなわけないでしょう。かわいいわ、この笛。ありがとう。吹いてみてもいい？」

「どうぞ。ちょっと、こつがいりますよ」

真澄は竹の吹き口を唇でそっとくわえた。息を吹き込む。高く澄んだ音がした。

ほう、ほ、ほ、ほう。

途中で掠れて裏返り、ほうほけきょ、とは聞こえない。真澄は幾度か試したが、ほうほうほう、と不器用なさえずりにしかならなかった。

彦馬は自分の笛を吹いてみせた。ほう、ほけきょ、と見事に、季節外れのうぐいすが鳴く。

「舌を使うのですよ」

得意げに、彦馬はちらりと舌を出した。それからまた、うぐいすの美しい声でさえずった。

ほう、ほけきょ。けきょ、けきょ。ほう、ほけきょ。

真澄は目を閉じ、季節外れのうぐいすの歌に聞き入った。秋風がふわりと、昼餉の匂いを運んでくる。

市谷の喜多村家といえば、代々、幕府の医官を務める家柄である。八代目の家長である当代、喜多村直寛《ちょくかん》はとりわけ優秀だと評判が高い。ただし、その評判には、かなりの変わり者だというおまけも付く。

直寛は真澄の師である。年齢は直寛が十近く上だ。直寛は、真澄が女の身で医学を志すことを奨励した。平然として真澄を講義に同席させることもしばしばだ。議論の場では、男の医学生にするのと均等に、真澄にも発言を求める。

「学問において有能なら、その者が男だろうと女だろうと陰間《かげま》だろうと宦官《かんがん》だろうと、私はこだわらん。陰茎や睾丸の有無が頭の良し悪しに影響を与えるのか？　そんな下世話な俗説を論理的に明かした医書には、いまだ出会ったことがない」

決まりや戒めを破ることに関して、直寛はとんでもなく図太い。権威や規範など最も忌《い》み嫌うところだ。身分も年齢もはるかに上の御典医を容赦なく論破した、などという武勇伝にも事欠かない。

こんなふうだから、直寛は、お城付きの仕事の打診を受けたとき、あっさりと断った。現在は診療所と私塾を営む傍《かたわ》ら、幕府医学館で臨時雇いの教官を務めている。

真澄が牛込界隈《かいわい》に戻ったのは、昼八つ半を過ぎた頃だった。まっすぐには帰宅せず、直寛の屋敷を訪ねた。

講義が開かれる折には教室として使われる離れを、まずのぞいてみた。人の気配があると踏んだとおりだった。

直寛は一人、そこにいた。擦り切れた書物をそこらじゅうに広げ、ぶつぶつとつぶやきながら文章を練っていたのだが、真澄の来訪を知るや、顔を輝かせて身を乗り出した。

「地獄に仏だ。どうにも行き詰まっていたところでな。今日はどのような議論の種を持ってきた？　真澄どのの論理の冴えは、私の門下で随一だ」

直寛が早口の長広舌で講義を始める前に、真澄は本題を切り出した。

「今日は残念ながら、医書の校勘に関わる議論ではないのです。弟たちが首を突っ込んでいる事件が捨て置けなくて」

「ほう、どのような事件なのだ？」

「医者が毒死したと聞きました。烏頭の毒で」

直寛の目に険しさが宿った。

「その話を詳しく。私のほうにも心当たりがある」

「何ですって」

真澄は、多くは知りませんと前置きをして、荒木西洞の毒死について手短に話した。昨日の聞き込みの成果を清太郎が何も言わなかったこと、彦馬にはあからさまに隠されたことも告げた。そして問うた。

「先生、近頃開業した薬種問屋があると聞いたことがありますか？」

「ない。だが、出回るはずのない薬種がなぜだか表に出てきた件には、まさに今、私も関わっている」

「どういうことです？」

直寛は総髪をぐしゃぐしゃに搔きむしった。

「厄介な症状の中毒者が二人、相次いで私のところへ運び込まれた。一人は、阿片《あへん》を体内に留めてしまった者。もう一人は、烏頭と見られる毒を含む薬を服用した者」

今にして、真澄は気が付いた。直寛は眼下に隈をこしらえている。精神を消耗した顔つきだった。

「阿片と烏頭。二人とも、命は？」

「幸い、生きている。烏頭の患者のほうはまだいい。時をかければ持ち直すだろう。阿片の患者はよくないな。阿片の薬効が切れ、体中が痛むと言ってひとしきり暴れた後、目を見開いて呼吸をするのみの状態に陥った。生ける屍《しかばね》だ」

「阿片中毒者の末期は悲惨なものだと、近年の清国《しん》で発刊された『唐本草』の注釈本に書かれていましたが」

「あれに書いてあったとおりだ。阿片が体に入ると、人は痛みも憂いも忘れ、目を開けたまま夢を見るようになる。口から服用するより、煙草《たばこ》のようにして吸うほうが、薬効が早く強く現れる」

「薬効が切れると、呼吸すらままならないほどの痛みと不快感に襲われる。だから、次第に阿片を手放せなくなる。全身から肉が落ち、起き上がる力すら失い、血も気も濁って滞り、じわじわと死んでいくのですよね」

「阿片と同じ原料から作られる薬は、本邦になかったわけではない。津軽一粒金丹がそうだ。あれは強精の薬とされるが、まあ、実際のところは怪しいものだな。薬効は検証されていない。だが、阿片は極めてまずい」

　真澄はおぞけを覚え、両の腕で己を抱き締めた。

「先生、一度阿片に中毒した者は助からないのでしょうか？」

「わからん。見込みが立たんのだ。例の患者がここへ運び込まれて今日で五日になる。上から吐かせ、下から瀉《しゃ》せしめて、体内の薬をすべて出すよう促したが」

「毒が抜けないのですね」

　直寛は頭を抱えた。

「駄目だ。ぼうっとしたまま、いつまでも同じ格好で、どこでもないところを眺めている。正気が戻らん。自ら動こうとしない」

「阿片にまつわるそのような症状は、張仲景《ちょうちゅうけい》は書き残していませんね。一千六百年前の漢の国では、まだこれほど凶悪な阿片の扱い方が見出《みいだ》されていなかったということでしょうか」

「さよう。時が下って一千年前の唐《とう》の国では、阿片の服用は鎮痛によいとされていた。中毒を起こすのは、煙にして吸うからなのだ。この方法は近年、エゲレスから伝わったらしい」

「治す手立ては？」

「聞いたことがない。治療法があるのならば、阿片の流通している清国から伝わってくるはずだ。あちらでは、阿片をめぐって、エゲレスと戦が起こりそうなほどの大騒ぎだというじゃないか」

真澄は歯嚙《はが》みをした。

「蘭方《らんぽう》の医書にも載っていないのでしょうか？」

直寛は、そこに見えない書架があるかのように、右から左へ、左から右へと視線を走らせた。目的に適《かな》う書物に視線が止まることはない。直寛はかぶりを振った。

「ないな。蘭方にも心当たりはない。もとより蘭方は、腑《ふ》分けの術にこそ長ずるものの、患者の肉体の扱いにおいては、いささか乱暴だ。療養と回復を促す術は、漢方古法が強い」

「阿片の出どころであるエゲレスではどうしているのかしら。エゲレス渡来の、あのアンゲリア語で書かれた医学書にも記載がないのでしょうか。あの本だけは、まだ完全には読み解けていないでしょう?」

「大声では言えん方法で入手したあれか。しかし、エゲレスの医術のあり方は蘭方と変わらんよ。世に出回っている蘭方の写本より発刊年はずいぶん新しいが、辞書と首っ引きで当たったところで、阿片の対処法が載っている望みは薄い」

「何てことなの。先生でも太刀打ちできないだなんて」

「私は人よりいくらか頭がよく、いくらか知識が多いだけに過ぎん。一方、病は万種あり、その内の一病を取っても、呈する症状は人それぞれに異なる。私に治せる病など、ほんの一握りなのだ」

直寛の顔色は冴えず、鼻の頭も唇も白っぽくかさついている。よほどの心労に違いない。

日頃の直寛は、論題の医書が難解であればあるほど、目を爛々《らんらん》と輝かせる。難治の病と向き合うときは、顔色を変えずに淡々としている。その直寛をして、阿片はこれほどの疲弊を強《し》いるのだ。

真澄はぎゅっと拳《こぶし》を握り、話の続きを促した。

「先生、烏頭の毒の患者はどのような様子なのです？」

「断っておくと、烏頭と確定しているわけではない。私の推測だ。患者が話せるようになったとき、こう言ったのだよ。その眠り薬を飲むと、強い眠気を催し、呼吸が鈍り、そして猛烈な心臓の痛みと吐き気に襲われ、やがて意識を失ったと」

「眠り薬？　服用してすぐに効果が現れて眠り始めるなんて、そんな薬が……いえ、それは薬ではなく、毒なのでは？」

直寛は片手で湯飲みをつかみ、茶を飲み干した。苦酒でも呷《あお》ったかのような顔をしている。

「真澄どのは、華岡青洲《はなおかせいしゅう》という名を聞いたことはないか？　目覚ましい活躍をしていた時期は三十年ほど前になるか。紀州で医術の一門を築いた男だ。患者の体に刃《やいば》を入れ、病んだ患部を切除して摘出する外道の医術だが」

ああ、と真澄は声を上げた。ばちんと頭の中で火花が弾けるように、理解した。

「だから、眠り薬で烏頭の毒なのですね。華岡青洲が古法から再現したという眠り薬、通仙散《つうせんさん》には、烏頭が使われていたから」

「そう。通仙散は通常の眠りを誘う薬ではなく、昏睡をもたらす薬だ。人を仮死させる薬と言ってもよい」

「通仙散は華岡一門の秘薬でしょう。使用される薬種については門下の医者によって一部が漏れましたが、調合法や配分はついに世に出ないまま、華岡の死去によって一門も途切れてしまったと聞きます」

直寛は、鷲《わし》づかみにした湯飲みを畳に叩き付けた。

「失われた秘薬だとも。だから、あの患者は、薬まがいの毒を飲む羽目になったのだ。完成した通仙散であれば、危険もさほどではなかったろうに」

「未完成の通仙散を人に飲ませた？　誰がそのような無体なことを」

「ああ、話の順がめちゃくちゃだな。時の流れにしたがって、もう一度話そう」

「お願いします」

直寛は瞑目《めいもく》し、気息を整えた。それから、ぎょろりとした目を開いて、話し出した。

「まず、担ぎ込まれてきたのは阿片の患者が先だ。それが五日前のこと。赤坂の淳庵《じゅんあん》という医者が、人を使ってここへ運んできた。本人は雲隠れだ」

「赤坂の淳庵医師？」

「真澄どのは御存じか？」

「いいえ、存じ上げません。先生の御講義にいらしたことはないでしょう？」

「ないな。私の細君の茶の湯仲間が淳庵を知っていた。腕のよい、まともな医者だという話だが、果たしてどうだろうな。患者がいつから中毒だったかを問うても、淳庵の使いの者からは、きちんとした答えは得られなんだ」

「烏頭の、いえ、通仙散もどきの患者のほうも、赤坂の淳庵医師なのですか？」

「こちらは別だ。神楽坂《かぐらざか》の良朴《りょうぼく》どの」

真澄は思わず顔をしかめた。

「あの人ですか」

直寛は微苦笑を浮かべた。

「そう露骨に、汚いものを見る顔なんぞしなさんな。良朴どのは確かに銭好きの助平爺だが、医術の腕はいい」

「存じております。御自身の御息女よりも若い妾《めかけ》を囲っておられるそうですけれど、お金を積んだわけではなく、患者だった女性のほうが、命の恩人たる良朴先生にぞっこんになったというお話でしたわね」

「そのつんけんした口ぶりが、何ともまあ、真澄どのらしい」

「からかってらっしゃらないで、続きをお話しください」

うなずいて、直寛は表情を引き締めた。

「三日前、良朴どのの門下の若者が、患者を大八車に乗せてきた。逃げてきたと言ったよ。患者をむざむざ死なせるわけにはいかんと。その薬を巡って、師を信用できなくなったと」

「薬というのは、通仙散のことですね」

「通仙散もどきだ。患者は服薬の後、一度は昏睡したが、すぐに薬を吐き、うなされ、瘧《おこり》のように震えて熱を出した。患者は頑健な若い男だ。だから薬に抵抗できた。だが、もっと体の弱い者だったら、どうなっていたと思う？」

真澄は愕然《がくぜん》とした。

「死なせたかもしれない」

「信じたくもないが、事実として患者がここにいる。患者はまだ、例の毒がもたらした作用と戦っている」

「誤診の結果ではないのですよね？　例えば、心臓の弱い者が感冒を患ったとき、心臓に負担をかけ得る葛根湯《かっこんとう》を誤って処方してしまった。そんな話ではなくて」

「未完成の通仙散なんて、ただの毒だぞ。あんなものを処方するとは、一体どんな誤診だ？」

悪寒《おかん》に似たものが背筋を走り抜けた。それの通っていったところが、かっと燃えた。腹の底もまた熱い。

これは怒りだ。義憤だ。

「良朴先生のおこないは、血迷ったとしか思えません。どんな事情があるとしても許しがたい。先生、このことは奉行所に届けましたか？」

直寛はかぶりを振った。眉間の深い皺には、怒りと戸惑いが相半ばしている。

「情けないことだが、真澄どの、私には決断できない」

「なぜです？」

「もし本当に良朴どのが罪を為《な》しているのなら、医道を預かる一同志として、諫《いさ》めてやらねばならん。だが、まだ、信じられないという気持ちのほうが強い。良朴どのと会って話をしたい」

「良朴先生とお会いできていないのですか？」

「呼び出しに応じてくれんのだ。だが、私は患者のもとからあまり離れたくない」

真澄は己の胸に手を当てた。

「では、わたしが良朴先生とお話をしに行ってまいります」

直寛は腕組みをし、唸った。

「私の名代で、真澄どのが行くか」

「わたしでは大役を担うに不足していることは、重々承知しております。ですが、先生は患者さまの治療で手一杯になっていらっしゃるのでしょう？　わたしが行って、良朴先生をここへお連れします」

直寛は天井を仰いだ。告げるべきことがそこに書かれているかのように、言った。

「申し出は大変ありがたい。よろしく頼む。やはり、私の門下の中で真澄どのは最も優秀で勤勉な医者だ。だが一方で、私とて、世間の声と目を知っている。真澄どのが男であればこの上ない逸材であるのにと、皆が言うのだ」

「存じております。女であるがゆえに、わたしの力は信用されない」

直寛は天井から真澄へと、まっすぐな視線を戻した。

「この私、喜多村直寛は、断じて、真澄どのの才覚と手腕を見くびってはおらん」

真澄は微笑んでみせた。

女のくせに医者を気取るかと、そんな罵《のの》り《し》に悔し涙を呑むことはあっても、恐れることや傷付くことは何もない。

「わたしにお任せください、先生。お力になって御覧に入れます」

「ああ。頼りにしている」

真澄は背筋を伸ばし、師に一礼した。


医者は健脚でなければ務まらない。救いを求める患者がいると聞けば、真澄はどこまでも歩く。女だから身支度が、などと浮ついたことを言いたくはない。ゆえに袴で、髪も結わず、化粧もしない。

神楽坂の路地に足を踏み入れたとき、ふわりと、かすかに風が香った。

「金木犀《きんもくせい》の香りね」

真澄は歩調を緩め、目を上げた。花の姿は見えなかった。

良朴を訪ねると、子供っぽく丸い頬をした女中に頭を下げられた。

「どうぞ出直してください。良朴先生はいらっしゃらないのですか？」

「良朴先生はいらっしゃらないのですか？　御足労ですけども」

「いえ、誰も通すなと言われていて」

「御在宅ではあるのですね。どうしても今お会いしなければならないのですが、駄目なのかしら」

「お客さまも見えていまして」

「そうお時間は取らせませんから」

「でも……」

真澄は、嘘も方便だと腹を括った。薬箱を持ち上げ、女中の目の前で薬種の引き出しを開けてみせる。

「わたしはこう見えても医者の端くれでございまして、このとおり、薬種をいくつかお届けするよう、良朴先生から御依頼を承っているのです。診療所へお入れ願えませんか？」

「だけど、今日のお客さまは特別で、邪魔しちゃいけないって言われてて」

「あら。ということは、わたしに用事をおっしゃったのも、良朴先生御自身はお客さまの接待でお忙しいからなのですね。もしや、こちらのお薬もお客さまに関わりのあるものかしら。ならばなおさら、一刻も早く良朴先生にお届けしなくては」

　女中はまごつきながらも、真澄の強引な押しの前に折れた。どうぞ、と示されたのは庭の端にしつらえられた小径《こみち》である。

　小径は、良朴が診療所として使う離れへと続いている。庭木と生垣が目隠しの役割を果たしていた。

　真澄が診療所の戸の前に立ったときだった。

　突然、くぐもった呻き声が聞こえた。真澄は息を呑み、戸に張り付くようにして耳を澄ました。診療所の中から、呻き声は聞こえてくる。

　男の声だった。うっ、うっ、と苦しむ声は、肺腑の底が引き攣《つ》れているかのようだ。中焦《ちゅうしょう》に外邪を得て嘔吐を催すものの、上焦がつかえて吐き出すことができない。そんな印象である。

　どさりと、重みのある音がした。男が床に倒れたのだ。ずりずりと、畳の上をのたうつ音が続く。

　真澄は戸を開け放った。

「ごめんくださいませ！」

声を上げながら、屋内を見やる。

男が四人いた。老いた医者、武家の御曹司、その従者、そして、畳に這《は》いずる病人。やつれた顔の医者の手元に、土瓶と、空になった薬包があった。病人が脚をばたつかせ、湯飲みを蹴った。湯飲みは水滴を散らして吹っ飛び、土間に落ちて割れた。

何事が起こったのか、真澄は直感した。履物を脱ぎ捨てて病人に飛び付く。医者のほうを向いて怒鳴る。

「一体、何の薬を飲ませたのですか！」

医者はびくりと体を強張らせた。禿頭がしなびている。顔は、皺だらけの皮をかぶった髑髏《どくろ》のようだ。真澄の記憶にある好色爺の良朴とは、まるで面差《おもざ》しが違う。だが、それが良朴であることには相違なかった。御曹司が言ったのだ。

「良朴どの、そちらの女性は？」

舌をもたつかせる老医より先に、真澄が答えた。

「瓜生真澄と申します。医者でございます」

「ほう、珍しい。女の医者か」

真澄は診療所の中を一瞥《いちべつ》した。土間に水瓶《みずがめ》があり、囲炉裏《いろり》の大きな鉄瓶には湯が沸いている。御曹司の傍らの棚に、土瓶が陳列されている。

御曹司と目が合った。御曹司は小首をかしげた。美しく白い顔立ちをしている。年の頃は二十ほどか。

「恐れながら、若さま」

「何であろう？」

「そちらの土瓶を二つ、お取り願えませんか？　薬を煎《せん》じます」

御曹司は唇の片端で笑った。

「よかろう。取ってやれ」

命じた相手は従者である。従者は声もなく、音もなく動いた。真澄が薬箱に目を移したわずかの隙に、従者はもう土瓶を手にして真澄のそばに至っている。

御曹司が座したまま、身を乗り出した。

「手が必要なら、私の連れに申せ。遠慮も礼儀もいらぬ。医者を相手に、身分や立場を笠に着るのは野暮だ。真澄とやら、何を為そうとしておる？」

「患者さまに胃の中のものを吐かせます。どのような薬を飲んだのか存じませんが」

「悪いものを吐かせるための薬があるのか？」

「瓜蒂散《かていさん》がございます。寒にして小毒の性質を持つ瓜蒂で、喉や肺に詰まった痰《たん》や、胃中にある外邪を吐かせます。ただし、これは胃気を傷める薬ですので、赤小豆《せきしょうず》を配合し、煎ずるに当たって豆豉《とうち》を加えることで、体への負担を和らげます」

薬箱には瓜蒂散を常備している。瓜蒂と赤小豆を合わせて粉末にしたものと、すり潰《つぶ》した豆豉だ。一回ぶんずつ分包してある。

水瓶から一つ目の土瓶へ水を取り、瓜蒂散を入れて囲炉裏に掛ける。囲炉裏から外した鉄瓶の湯を、二つ目の土瓶に半ばまで注ぐ。

「そちらは何を煎じるのだ？」

「煎じるような時はかけません。塩を溶かすだけです」

「塩湯を作るのか」

「湯を三升に塩を一升の割合で溶かしたものを、独聖湯と呼びます。胃の中を洗って異物を吐かせるには、塩湯での吐法こそ効果が高いのです」

真澄は、塩を溶かした熱湯に水瓶の水を注ごうとした。御曹司が止めた。

「待て、こちらの湯冷ましを使うとよい。手を付けておらぬゆえ。沸かしておらぬ水は、病人には危うかろう」

「ありがとう存じます」

真澄が応える間に、従者がまた風のように動き、凝った形の茶器を持ってきた。茶器には、ほどよく冷めた湯が満たされている。

独聖湯を作り、湯飲みに注ぎ、苦しみ続ける病人に向き直る。体格のよい男だ。肩を抱いて支えようとしたが、真澄は非力に過ぎた。病人が振り回す腕に打たれ、尻餅《しりもち》をつく。湯飲みの独聖湯が真澄の胸元にこぼれた。

御曹司が命じた。

「手伝ってやれ」

従者は、ひょいと片腕で病人をつかまえ、羽交い締めにした。もう片方の手で、土瓶からじかに、独聖湯を病人の口に注ぎ込む。

あまりに鮮やかな手際だった。真澄は啞然《あぜん》とした。従者は決して大男ではない。筋張った印象の細身の男だ。存外、若い。

御曹司の声に得意げな調子が混じった。

「こいつは有能なのだ。患者に塩湯を飲ませたら、次は吐かせるのだな?」

「はい」

「わかった。やれ」

御曹司は従者に命じた。真澄は土間の隅から盥《たらい》を取ってきて、病人の前に置いた。従者はためらいもなく、病人の口に指を突っ込んだ。

病人は吐いた。粘液と白いあぶくの混じった、うっすらと色の付いた液体である。胃を空にした上で何某《なにがし》かの煎じ薬を飲んだ形跡だと、真澄は見た。

「まだ胃の中に残っていそうね」

真澄は、空になった土瓶に独聖湯を作った。従者がそれを受け取り、再び病人に飲ませ、吐かせる。

嘔吐は体力を奪うものだ。二度の吐法を経ると、病人はぐったりとした。浅い息を繰り返しながら、されるがままである。鉄瓶の湯と真澄の手持ちの塩を使い切るまで、都合四回、吐かせた。

横臥《おうが》した病人を見下ろして、真澄はつぶやいた。

「どの程度、毒を吐かせることができたかしら」

御曹司は興味津々の体である。

「瓜蔕散が煎じ上がるまで、まだかかるのか？」

「あと少しといったところです。毒の応急処置は、半刻から一刻で勝負が決しますから、一から吐薬を煎じていては、ぎりぎりですね」

「なるほど。現場に立ち会うのは、やはり、ためになるな。医学というものは奥が深く、おもしろい」

恐れ入りますとつぶやくと、真澄は従者に声を掛けた。

「本当に助かりました。ありがとうございます。あなたは、患者さまの津液《しんえき》に触れた手をしっかり洗ってください。こちらへ」

真澄は水瓶の柄杓《ひしゃく》を手に取った。従者は御曹司を振り返り、御曹司がうなずくのを見て、すっと動いた。

改めて真澄は従者の若い顔を見た。まるで能面のように整っている。鼻筋の通った業平《なりひら》の面か。深い漆黒の目は大きく、神霊の面のそれとも印象が近い。

　真澄は少し迷いつつ、従者に尋ねた。

「あなたの手を確かめさせてもらっていいかしら？　傷がないかどうか。もし傷があり、先ほどの薬の影響を被れば、あなたも無事ではいられないかもしれないのです。手に触れてもよろしいでしょうか？」

　能面の目が見張られた。表情の動くところを初めて見たと、真澄は思った。きらりと視線に光を宿すと、若々しさが唐突に匂った。清太郎と同じ年頃だろう。

　従者がまた御曹司を振り返った。真澄もつられて振り返る。

　花のように美しいなどと、男に対して使う言葉でもなかろうが、御曹司の繊細な顔立ちは、香りのよい花を思わせた。例えば、秋を芳しく彩る金木犀のような。

　御曹司は、ひらりと手を振って従者を促した。

「女医どのに診てもらうがよい。おまえの手が腫れ上がりでもしたら、私が困る」

　従者はうなずき、真澄の前に手を差し出した。

　清太郎の手に似ていると、真澄は思った。しょっちゅう刀を振るっている者の手だ。まめが潰れて硬くなった皮膚。ところどころに、たこができている。節が太く、掌が厚い。爪は短く削ってある。

　従者の手に不審な腫れ方をする傷がないのを、触れて確かめた。真澄は従者を見上げた。

「問題はないようです。それにしても、患者さまの扱いに手慣れておられるので驚きました。わたしひとりではどうしようもありませんでしたわ」

従者は黙って会釈をした。声を出せないのだろうか。それとも、主《あるじ》の許可なしでは口を利いてはならないのだろうか。

御曹司が軽やかに笑った。

「気を付けなされよ、女医どの。その者が長《た》けているのは、病人に薬を飲ませる治療の手法ではなく、囚人を水責めにする拷問の手法かもしれぬぞ」

真澄はびくりとした。それ以上に大きく跳ね上がったのは、良朴である。今の今までへたり込んで動かなかった良朴は、激しく震え出した。

良朴は、踏まれた蛙《かえる》のように這いつくばった。

「め、面目次第もございませぬ、あのような、あんな、失敗の薬を……どうぞ、き、期日の、期日をどうか……」

良朴の声はしわがれて掠れ、舌はもつれた。

「失敗の薬？」

聞き咎《とが》めた真澄は、柳眉《りゅうび》を逆立てた。

病人は眠っている。青ざめた顔色をしているが、病状をうかがわせるものはそれだけだ。年も若く、骨太で肉付きも申し分ない。煩悶《はんもん》のあまり乱れた着衣からのぞく皮膚に、治療を要するような傷や腫物はない。

真澄は良朴を睨んだ。

「失敗の薬とおっしゃいましたわね。その薬が完成していたのなら、こちらの患者さまにはどのような効果が現れていたのでしょう？　苦しまずに昏睡するのが正しい効果でした？　それとも、苦しまずに死亡するのが？」

良朴は這いつくばったまま、ぶるぶる、がたがたと震えている。何も言わない。

「お答えくださいませ、良朴先生！」

しかし良朴は顔も上げない。真澄は苛立《いらだ》って畳を打った。

御曹司が柔らかな調子で真澄の名を呼んだ。

「真澄どの、落ち着かれよ。そうかっかとした気を放っておっては、そなた自身の体にも、弱った患者の体にも毒となろう」

「恐れながら、若さま、わたしは良朴先生を詰問しにまいったのです」

「詰問とは、穏やかではないな。どういうことなのだ」

「良朴先生のもとから、不審な薬に中毒したという患者が出たとうかがいました。その薬が何であるのか、良朴先生にお答えいただかねばなりません」

「なるほど。真澄どのはこう言っておるが、良朴どの、心当たりはあるか？　もしや、通仙散の試作に失敗し、人を死なせかけたのは、此度《こたび》が初めてではないのか？」

御曹司の語り口は静かなままだった。良朴はしかし、雷に打たれたかのように激しく震え、引き絞るような悲鳴を上げた。

真澄は良朴の襟をつかんで畳から引き剝《は》がした。

「やはり通仙散だったのね。調薬にあたって烏頭の毒を制することができず、患者を殺しかけた。医者の為すことではないわ」

良朴の両目はせわしなく動き回る。なかなか真澄と視線が合わない。染みのある皺深い手は震えっぱなしだった。良朴は喘ぎながら、しきりにかぶりを振っている。埒《らち》が明かない。

真澄は良朴を突き放した。老体はべしゃりと畳の上に転がった。

良朴のことは初めから好きではなかった。若い女と見ると、へらへらと笑いながら体を寄せてきて、馴《な》れ馴れしく肩や背中をさわろうとする。そんな助平爺だ。好意も敬意も持ちようがなかった。

けれども、まったく嫌いになれるかといえば、そうともいえなかった。博識の話し上手で、頑固な患者も巧みに説き伏せて治療に向き合わせる。一口に言って、名医だったのだ。

それが今や、堕落し切っている。出来損ないの薬を患者に試し、危うく死なせかけた。それについて問うても、ろくに返答さえできない。

「もういい。もうあなたには期待しない」

真澄は囲炉裏の土瓶に向かった。瓜蒂散の煎じ液は、赤褐色を呈している。患者に服用させるには、まだいくらか煎じ足りない。だが、注意深く見守っていなければ、今度は煮詰まりすぎ、薬効を殺してしまうことになる。

御曹司が、すっと立ち上がった。

「真澄どのは腕がよいようだな。所作も物言いもきびきびとして、見ていて気持ちがいい」

屈託もなく真澄を誉めると、御曹司は真澄の傍らに座り込んだ。薄荷のすがすがしい香りが鼻孔をくすぐった。

真澄もさすがに驚いた。

「近うございます。囲炉裏のそばは危険です」

「子供扱いをするでない」

「失礼いたしました。ですが、あの」

真澄は、頭から切り離していた疑問を思い出した。いかにも毛並みのよさそうな武家の若者が、なぜここにいるのか。

御曹司は、土瓶の湯気を手で扇《あお》いで匂いを嗅いだ。

「苦いな」

「瓜蒂の苦みです。薬の匂いがおわかりになりますか」

「私もいささか学んでおるのでな。まだ煮詰めるのか？」

「まもなく出来上がります」

「その後は？」

「火傷《やけど》をせぬ程度にまで冷ましたら、患者に飲ませ、吐かせます。先ほどの独聖湯とは違い、瓜蒂散での嘔吐は体の自然な応答ですから、患者さまもそう苦しまずに吐けるはず。これで胃の中を洗い切れればよいのですが」

「吐かせたら、しまいになるのか？　それとも、何か別の薬を煎じる？」

「ひとまず様子を見ます。具合が落ち着いたようでしたら、患者さまの体力に合わせ、滋養の薬を処方していくこととなります。毒の影響が継続するようなら、より強力な吐瀉の法によって毒を排出させるしかありません」

「臨機応変か。医書にはよく出てくる言葉だ。その患者、救ってやれればよいな」

まつげが長いせいなのか、御曹司の双眸《そうぼう》はずいぶんきらきらとしていた。間近にあるそのまなざしがひどくまぶしい気がして、真澄は煎じ薬のほうばかりを注視している。

「通仙散に含まれる烏頭の毒は即効性。飲んですぐに死なず、吐き出すだけの体力が患者さまにあったことは、運のよいことでした」

「体の弱い病人なら、死んでいたか？」

「かもしれません。想像したくもありませんわね。しかし、この患者さまを今後どうしましょう。ここに置いたままでは、みすみす死なせてしまう気がいたします」

「良朴どのは信用できぬと？」

「御覧のとおりの体たらくですもの。何があったのか存じませんが、血迷っていらっしゃるかのようなお振る舞い、見損ないました」

真澄は土瓶を囲炉裏から下ろした。薬を湯飲みに注ぐ。

御曹司の視線を感じている。頭のてっぺんから足の先まで、じっと観察されている。ほのかに香る薄荷は、精油だろうか。

真澄は自分の手元を注視したまま問うた。

「何かわたしにおっしゃりたいことがおありですか？」

「二つある」

「どういったことでしょう？」

「一つ目に、揺れない駕籠《かご》を呼んでやる。そなたの信用できる場所まで患者を運び、面倒を見てやればよい」

「よろしいのですか？」

「むろんだ。そなたの名医ぶりには感心させられた。よいものを見せてもらった礼だ」

「ありがとうございます」

「そして二つ目だ。そなた、私の屋敷に来ぬか？　医者の手が必要なのだ」

良朴がばたばたと音を立てた。平伏しながらにじり寄ってくる。

「わ、若さま、若さまどうか、どうか今一度、この老骨めに機会をお与えください！　どうかお見捨てなきよう……どうか、どうか……！」

御曹司は良朴を視界に入れようともしなかった。小さく手を振ると、従者が良朴をつかまえ、ひょいと放り投げた。畳の上に転がされた良朴は、ひいひいと声を上げて泣いた。

真澄は思わずつぶやいた。

「一体、どういうことなの？」

理解できないことだらけだ。いくつもの疑問が、つながりそうでつながらず、噛み合いそうで噛み合わない。不審な薬の出現、良朴の変貌、そして、この御曹司の正体。

当の御曹司は、いっそ無邪気なほどの様子で体を屈めると、真澄の顔をのぞき込んだ。笑みをこしらえた薄い唇の形が美しい。

「そなたは私の屋敷で働け。診療に必要なものから住む場所、食べるもの、着るもの、何ひとつ不都合のないように計らう。腕利きの医者が必要なのだ」

真澄は体を引き、御曹司と向き合って、深々と頭を下げた。

「恐れながら、突然おっしゃられても困ります。わたしには、幾人もの患者さまがおります。その人々の命を預かっている以上、いかに条件のよいお勤めであっても、今すぐに若さまのところへ参りますとはお答えできません」

呼吸ひとつぶんの間が落ちた。

御曹司は言った。

「なるほど」

「何卒《なにとぞ》お許しくださいませ」

「わかった。よい。その頑固なところ、恐れ知らずなところも、名医たる所以《ゆえん》の一つであろう」

御曹司の言葉は淡々としていた。怒りがないともあるとも受け取れる。真澄は御曹司の顔をうかがった。しかし、その眉目もまた秀麗なあまり、作り物のようにひんやりとしている。御曹司は、ひらりと手を振った。

「気に病むでない。そちらの患者の治療を続けてやれ。私と連れはそろそろ暇《いとま》を乞うが、駕籠は呼んでおく。おぬしと患者と、しかるべき場所まで乗ってゆくとよい」

「ありがとう存じます。あの、後ほどお礼をさせていただきとうございますので、もし差し支えなければ、どちらのお屋敷へうかがえばよいかだけ、お教え願えませんか？」

「気にするなと言うておる。忍んで出てきたのだ。内密にしてくれ」

御曹司は、耳打ちをするときのように手を口元に添え、声をひそめた。茶目っ気《け》をちらつかせたそのときだけ、白い歯をのぞかせるあどけない笑い方になった。

真澄はこうべを垂れた。

「承知いたしました」

御曹司は立ち上がった。真澄の頭上にもう一言、降ってきた。

「患者はおぬしの家で預かるのか？」

「それですが、恥ずかしながら、わたしの住まいは狭いもので。我が師、喜多村直寛に面倒を見てもらえないかと、ひとまず頼んでみる所存です」

「喜多村直寛どのか。曲者《くせもの》だが名医だと聞いている。そうか。真澄どのは、喜多村一門の医者であったか」

御曹司は納得した様子で、従者と共に診療所を出ていった。見送りをしようとした真澄は、患者を優先せよと告げられ、素直に従った。

やがて薬がほどよい温度になった。真澄は病人に瓜蒂散を飲ませ、胃の中のものを吐かせ、顔を拭いてやった。

「きっと持ち直せるはず。大丈夫よ」

真澄が呼び掛けると、病人はうっすらと目を開け、かすかに微笑んだ。寝息は安らいでいた。

まもなく、駕籠かきが呼びに来た。真澄は良朴に暇を告げた。良朴は魂の抜けたような姿で座り込んだきり、真澄のほうを見向きもしない。

真澄は、良朴を叱り飛ばしたい気持ちを押し殺した。そんな暇はない。

「患者さまの体がいちばん大切。直寛先生のところへ患者さまを運んだら、ここからが本番よ。必ず回復させてあげたい」

真澄は、胸の前できつく拳を握った。


上等な駕籠は、なるほどまったく揺れなかった。

真澄の患家はそこそこ裕福な者が多いので、急患で呼ばれる折には駕籠が迎えに来る。だが、御曹司が手配したものは、今まで使ったどの駕籠よりも乗り心地がよかった。

目の詰まった簾《すだれ》から、ふんわりと甘い匂いがする。香を焚《た》きしめてあるのだろう。敷物には染みひとつないし、木部にはさりげない飾り彫りが施されている。

「まるでお忍びを楽しむ姫君にでもなった気分だわ。あのかた、本当に本物の若さまだったのかしら。例えば、大きな旗本の嫡男だとか」

もしそうだとしたら、真澄はさんざん無礼な振る舞いをしている。花のような顔とまっすぐ向き合ってしまった、それさえ処罰ものである。医者に礼儀は不要、と御曹司その人は言ったが、真に受けてよかったのか。

ふと、駕籠が止まり、そっと地面に下ろされた。直寛の屋敷に着いたにしては、さすがに早すぎる。

簾の外で、男が駕籠かきと会話をしている。真澄は耳を澄ました。用向きを聞き取ることはできなかったが、ちらと、真澄の名が挙がったような気がした。

駕籠かきが困惑げに、簾越しに真澄を呼んだ。

「女医さまに御用だそうです。何でも、ちょいと急ぎの件だと」

真澄を医者と知って駕籠を止めたのだとすれば、撥《は》ね付けることはできない。簾の向こう側に、誰かが膝を突いた気配がある。

「何でしょう？」

真澄は簾を上げた。

同じときに、相手も簾に手を掛けていた。静かな動きだった。相手の顔は見えなかった。まだ簾が上がり切っていなかった。

手が見えた。次の瞬間、その手に喉首をつかまれた。

声を上げる隙もない。たちまち目の前が白く霞《かす》んでいく。喉首を走る太い血管を押さえられたのだ。

男が何か言っている。医者に取りすがって助けを求める演技、だろうか。

音は聞こえるのに、中身は一つも理解できなかった。次第に音も聞こえなくなった。

まぶたが落ちた。何も見えなくなった。

体の力が抜け、最後に、喉首をつかむ手が離れていくのを感じた。それっきり、真澄は意識を失った。

三　巌、蝕む

霧が立ち込めていた。

清太郎は屋敷の門から飛び出し、走った。

江戸の町は夜の名残《なごり》を引きずって、半ば眠りの中にある。朝餉《あさげ》を商う棒手振《ぼてふ》りは起き出しているものの、まだ呼び声を上げてはいない。

霧を蹴散らし、木戸をこじ開け、清太郎は走った。汗が噴き出し、鼓動は不吉にざわめいている。

昨日、真澄が帰ってこなかった。

清太郎がそれを知ったのは、今しがただ。昨夜は道場に泊まった。一人で捜索を続けたが、手掛かりひとつつかめず、むしゃくしゃして木刀を振るった。そのまま道場で仮眠を取ったのだ。

朝一番にこっそりと屋敷に戻ると、明かりが点《つ》いていた。弥助もお葉も、白髪《しらが》頭の小者《こもの》の卯蔵《うぞう》も、一睡もしていない様子だった。

清太郎を出迎えるなり、弥助はへたり込んだ。

「真澄さまは、御一緒じゃあないんですか」

「俺ひとりだが、どういうことだ？」

「ゆうべから真澄さまが帰ってこられてねえんです」

「何だって？　姉上が？」

清太郎がふらりとよそに泊まることは、たびたびある。だが、真澄は一度もない。

真っ赤な目をした弥助は、洟《はな》をすすった。

「真澄さまは昨日、どんなに遅くとも、夕刻には戻られるはずだったんです。朝から藤代さまのお宅へ往診に行って、お昼をいただいてから帰ってくるって」

「八丁堀の往診のときは、姉上ひとりだよな？」

「あっしが御一緒すりゃあよかった。休みをいただいて呑気《のんき》にしていたんでさあ。あっしは馬鹿だ」

父の長渓が母屋《おもや》から出てきた。長渓もまた青ざめていた。清太郎は反射的に顔を背けた。

お葉は清太郎にすがって訴えた。

「坊ちゃま、今すぐ八丁堀の藤代さまのお宅へ、お嬢さまをお迎えに上がってください。八丁堀で病人が出て、お嬢さまはあちらに留《とど》まっているんですよ、きっと」

「そうだな。わかった」

うなずくしかなかった。そして清太郎は八丁堀へと走った。

藤代邸の門を叩《たた》いて呼び出した彦馬は、ぼんやりとした顔だった。夜は強いが、朝は弱いのだ。

「どうしたんだ、清さん。朝っぱらから」

清太郎は彦馬の肩をつかんで揺さぶった。

「姉上はここにいるか?」

「何の話だ?」

「ゆうべ、帰ってこなかったらしいんだ。俺もついさっき知った。姉上はここにいないのか?」

彦馬の寝ぼけまなこが、はっと見開かれた。水でも浴びせられたかのように、表情も仕草も、瞬時のうちに覚醒している。

「いや、いない。真澄さんは昨日、昼餉の後に八丁堀を後にした。牛込のほうへ帰ると言って。途中まで俺が送っていった」

「ここでもねえのか……くそ、どうして俺は昨日、まっすぐ家に帰らなかったんだ。一晩、何も知らず、気付かずにいたなんて」

「落ち着け、清さん。どういうことなんだ?」

「どうもこうも、姉上がいないんだ。どこに行っちまったんだろう？　ただでさえ女の身で美人で医者だなんて、ひどく目立つのに、今はなおさら、わけのわからねえことが起きてるんだぞ」

「一昨日の手紙か。探るな、さもなくば殺すと」

「彦馬さん、姉上の行き先に心当たりはないか？」

喉《のど》が渇き切っていた。清太郎は一つ、咳《せき》をした。

彦馬は答えた。

「真澄さんは喜多村先生のところに寄ったかもしれない。昼に少しそういう話をした」

「姉上の師匠の喜多村直寛先生のところか。よし、行ってみる！」

清太郎は表へ飛び出そうとした。が、それより素早く、彦馬が清太郎の腕をつかんでいた。

「俺も行く。清さんのほうでは、ほかに真澄さんの行き先の手掛かりはないのか？」

「ないと思う。俺は昨日、姉上より早く屋敷を出たし」

「西洞毒死の件について何か話したりは？」

「いや、何も。姉上の知恵は借りたかったけど、話すのはよくない気がして」

彦馬は気息を整えるように、深い呼吸をした。

「俺は借りたよ。牛込のほうに、新たに店を出した薬種問屋を知っているかどうか、真澄さんに尋ねた。まずいことをした。真澄さんの興味を引いてしまった」

清太郎は房に水をもらい、その間に彦馬は身支度を整えてきた。二人は連れ立って市谷へと駆けた。

喜多村邸におとないを告げると、直寛その人が、いささか泡を食った様子で飛び出してきた。

「弟御だけか？　真澄どのは一緒ではないのか？」

めまいがした。朝一番から走り通しの疲れにのし掛かられ、清太郎は地に膝《ひざ》を突いた。

「姉上、どうしてここにもいねえんだ……」

彦馬は眉《まゆ》をひそめた。

「直寛先生、ずいぶんと顔色がお悪い。お休みになっていないのではありませんか？」

「そうとも。眠れるはずがない。重篤な状態の患者がもう一人、増えてしまったのだ。ちょうど昨日、真澄どのにもこの話をしたところだった」

はっとして、清太郎と彦馬は視線を交わした。彦馬は急《せ》き込んで直寛に尋ねた。

「やはり真澄さんは昨日、こちらを訪ねたのですね。昼の八つ半を過ぎた頃でしょうか？」

「そのくらいだったな。楽しい医学談義とはいかず、気の滅入る物騒な話をしたんだが、真澄どのは持ち前の好奇心で突っ走っていってしまった」

直寛は、ぼさぼさの総髪を掻《か》きむしった。清太郎の背筋が冷えた。

「姉上が突っ走っていったって、どういうことですか？」

「不審な中毒の患者が相次いで私のもとに運び込まれた。真澄どのは自らそこに関わりに行った。その後、夜になって新たな患者がここへ運ばれてきた。一緒に来るはずの真澄どのが、いなかった」

「姉上がここへ来るはずだった？」

「やたらと上等な駕籠《かご》でやって来た患者が言うには、女の医者に介抱をされたんだと。同じときに駕籠に乗ったはずだが、なぜあの女先生はここにいないんですかと、患者が訴えるんだ」

へたり込んだ格好のまま、清太郎は直寛の袖《そで》をつかんだ。

「先生、姉上は……」

直寛は、ふっと表情を緩めた。

「刀を帯びた大の男が、何て格好だ。人に見られたら示しがつかんぞ。立ちなさい。血の足りん顔色だな。朝餉も食わずに走ってきたのだろう。入るがいい。握り飯と茶を用意させる」

彦馬は清太郎の脇《わき》に腕を差し入れ、やわらの術を掛ける要領で、ひょいと立たせた。

直寛に向き直って礼を述べる。

「御厄介になります。お手間を取らせるついでに、昨日の真澄さんとの物騒な話というものを、詳しく聞かせていただけませんか」

直寛は彦馬の全身を上から下まで見た。

「真澄どのからよく聞かされているが、おまえさんが同心の」

「藤代彦馬と申します」

直寛は首肯《しゅこう》した。

「知っていることはすべて話そう。入りなさい」


朝だ、と真澄は感じた。

雄鶏の鳴く声が聞こえた。雀のさえずる声も聞こえた。人々が起き出し、朝の営みを始める気配もあった。

真澄は目を開けた。

見知らぬ天井が視界に映った。嗅《か》ぎ慣れぬ匂《にお》いの正体は、替えたばかりの畳と、肌ざわりのよい掻巻《かいまき》と、薄荷の香りと、それから。

唐突に声がした。

「目覚めたか、女医どの」

若い男の声である。

真澄は、はっと跳ね起きた。部屋の端に、声の主はいた。

「あなたは、良朴先生のところにいらっしゃった……」

「寿々之介《すずのすけ》だ」

御曹司はあっさりと名乗った。美しい佇《たたず》まいが朝日を浴び、きらめきに縁取られている。

真澄は警戒し、同時に困惑した。名を聞いても、やはり真澄は御曹司の素性に心当たりがない。

「お尋ねしてよろしゅうございますか」

「何だ」

「ここは一体どちらなのでしょう？」

「私の従者の部屋だ。私の寝室と、続きの間になっている。よく眠っていたな。一晩、ぐっすりだ」

「一晩でございますか」

「そう。駕籠の中で気絶し、抱えて運び出しても目を覚まさず、さすがにいささか焦ったが、まぶたの裏や舌、小鼻の色を診《み》ても、異常はないと思った。ただ、手足が冷えていたようだな。日頃は眠りが浅いのか？」

「ええ、さようですが」

「江戸はこの時期になると、もう十分に寒いものな。この屋敷では、部屋をよく暖めるようにしておるゆえ、そなたも深く眠れたのだろう」

寿々之介の視線が、つと、真澄から外された。真澄は視線を追って振り返り、ぎょっとした。

腕を伸ばせば触れられるほどの近いところに、男がいた。昨日、良朴の診療所で寿々之介と一緒にいた従者だ。

「あなた、もしや昨日、駕籠で……」

従者は答えない。ただじっと、真澄に漆黒の目を向けている。神霊か怨霊を模した能面のように、はっきりと大きな目である。

寿々之介が含み笑いをした。

「安心せよ。そいつはそう見えて、存外、女子供には甘い。そなたをここへ運ぶときも、壊れ物を扱うようだったぞ」

「そうなのですか。それは、ええと……」

落ち着かない気持ちになって、真澄は髪に触れた。そして気付いた。髪が解かれている。

真澄は慌てて、ふわふわと広がる髪を手櫛《てぐし》で一つにまとめた。頬《ほお》に熱が集まる。普段から髷《まげ》こそ結わないが、束ねもしない下ろし髪でいるのは、恥ずかしさの度合いが違う。

いや、髪くらい、まだよい。

真澄は襟元に触れ、胸に触れた。腰、脚へと手を這《は》わせる。袴《はかま》の紐《ひも》の結んだ形を見下ろして確かめる。着物にも体にも違和感はない。だが、ごとごとと騒ぐ心臓は、落ち着いてくれない。

寿々之介が、ああ、と声を上げた。顔をくしゃっとさせて笑い出す。

「なるほど、そうだな。普通はそうして驚き、慌てるものだろう。男にさらわれ、男の部屋で目覚めたとあれば。そうか、私が何か不埒《ふらち》な、獣のような真似《まね》をしたと、女医どのはそうお疑いか。これは傑作だ」

寿々之介は、けらけらと笑い転げた。線の細い体つきのせいもあろうが、無邪気そうな姿はずいぶん若く、まるで少年のように見えた。

真澄は呆気《あっけ》に取られ、毒気を抜かれた。そして、また別の意味で恥ずかしくなった。居住まいを正し、頭を下げる。

「若さまの前で、失礼をいたしました。わたしのような年増《としま》が、うぬぼれたことを」

寿々之介は笑いをこらえながら言った。

「面《おもて》を上げよ。何が年増だ。年齢の問題ではない。そなたが仮に男だったとしたらだとか、そういう話でもない。もっと簡単なことだ。私は汚らしいことが嫌いだ」

「汚らしい、とは？」

「他人の津液《しんえき》の類《たぐ》いなど、気味が悪くて触れたくもない。それだけの話だ」

真澄はぽかんと口を開けた。

津液とは体液全般を指す言葉だ。血液も汗も唾液も、胃液や腸液のような臓腑《ぞうふ》の出す液も、女の膣や子宮が分泌するものも、男の精も、すべて津液だ。ひどくざっくりとした括《くく》り方で、さまざまな性質のものが津液と呼ばれるのだが。

「ええと、津液が苦手でいらっしゃる？」

寿々之介は笑いを引っ込め、さも嫌そうに顔をしかめた。

「生ぬるくて、変な匂いがする。己のものでさえ、時として気持ちが悪い。ましてや他人のそれなど、好きこのんで触れたいものでも見たいものでもない」

「ええ、しかし、あの……意中の相手と口を吸い合ったり、夫婦で床を共にしたりなどすることは、普通、むしろ好ましいものとして、ええと」

「それが理解できぬ。なぜ許容できる？」

「なぜとおっしゃいましても、これは頭で考えて論理立てられる類いの問いではございません。無礼を承知でお尋ねしますが、女の体に触れたいとお思いになったことはないのですか？」

寿々之介は吐き捨てた。

「あるものか。けがらわしい」

真澄は咳払いを一つした。

「差し出がましいことを申し上げますが、若さまの御身にあられては、体の接触を拒まれると、その……大切なお役目に、差し支えがあるのでは？」

「身のまわりのことは一通り、自力でできる。そちらの蘭蔵《らんぞう》の手があれば、困ることは一つもない」

寿々之介は従者のほうへ顎《あご》をしゃくった。

「いえ、そういうことではなくて。武家の男には、お世継ぎをもうけるというお役目がございましょう。若さまには、御新造さまはいらっしゃいませんの？」

寿々之介は呆《あき》れ顔をした。

「若い女が、何て下世話なことを」

「わたしは医者でございますから、下世話と言われようとも、患者さまのそういった御相談に応じ、薬の処方や薬膳《やくぜん》の助言など、日頃からいたしております」

「そう言うくせに、真っ赤な顔をして」

「ですが、医者としての務めは果たします。それに、さして若くもございません」

「だからどうした。私への詮索は無用である」

「しかし、人の体を汚らしい、けがらわしいとおっしゃっていては……」

「うるさい」

「なぜそのように頑《かたく》なでいらっしゃるのです？」

寿々之介の顔つきが変わった。表情が失《う》せたのだ。美貌はかえって冷ややかに映えた。

「やかましい。あまりに口が過ぎるなら、また眠っていてもらうぞ。なに、手荒には扱わぬ。そなたは医者で、しかも女だ。これほど役目にふさわしい者は、ほかにおらぬゆえ」

真澄はぞっとした。ここは寿々之介の牙城である。楯《たて》突けば何をされるか、皆目見当もつかない。

御守刀がないことに、真澄は気付いた。薬箱や財布、髪をまとめていた紐は、枕元に並べられている。武器だけがきっちりと奪われている。

真澄は、丹田に火をともす心づもりで、深い呼吸をした。

「若さまにお尋ね申し上げます。わたしは、医者であるがゆえにこちらへ連れてこられた、ということでしょうか？」

「さよう」

「患者さまがいらっしゃるということですね？」

「そのとおりだ」

「良朴先生のところへおいでになっていたのも、その患者さまと関わりがあるのですか？」

「ああ」

「では、良朴先生が通仙散まがいの毒物を人に飲ませていたこと、別の医者が阿片《あへん》による中毒者を出したことも、御存じですわね？」

　寿々之介は即答しなかった。眉間《みけん》に皺《しわ》を寄せ、しばし考える素振りをした。やがて寿々之介は立ち上がった。

「後ほど改めて話してやる。今は時がない。蘭蔵、今日はおまえが一人であやつらのところへ行ってこい。九月十五日の今日が期日だ」

　真澄の背後で額《ぬか》ずく気配がある。蘭蔵は短く問うた。

「約を違《たが》える者は？」

「沙汰《さた》は追って考える。脅して黙らせておけ。動き回られると鬱陶《うっとう》しい」

「承知」

「行け」

立ち上がる気配と、畳の軋《きし》む音が数歩ぶんあった。足音はしなかった。かすかな衣《きぬ》擦《ず》れの音が部屋を去っていった。

真澄は肩越しに振り返り、背後に誰もいないのを見た。寿々之介に向き直る。

「若さま、期日とは？　今、何を命じられたのです？」

寿々之介は唇をきれいな弓なりにして微笑《ほほえ》んだ。真澄の問いには答えなかった。

「朝餉を運ばせよう。湯の支度もさせておく。患者のもとへ連れていくゆえ、体を拭いて身支度をし、待っているがよい。そなたがおとなしくしていれば、相応の待遇をする」

「……心得ました」

「不足なものがあれば申せ。薬種は豊富に取り揃《そろ》えてある。診療の手助けに慣れた者は、蘭蔵を含め、男も女も数人ずついる」

真澄は小さくかぶりを振った。患者も診ていないうちから、何がほしいとも言えない。真澄は別のものを所望した。

「御守刀をお返し願えませんか？」

「あの古い黒漆《くろうるし》塗の短刀か」

「はい」

「武器は駄目だ」

「承知しております。ただの刃物ならば、こんな状況で、返せなどとは申しません」

「だったら何だ」

「母の形見なのです」

寿々之介の笑みがひび割れ、剝《は》がれ落ちた。長いまつげの下の、まなざしが陰った。

「大切なものか？」

「むろんです」

しばし沈黙が落ちた。寿々之介の唇が開きかけ、また閉ざされる。眉間に皺が寄った。

寿々之介は、探している言葉がそこに書かれているかのように、己の掌《てのひら》に視線を落とした。そこに何もありはすまい。寿々之介はもう片方の手で、広げた掌に爪を立てた。

「そなたの母が死んだのはいつだ？」

「わたしが五つの頃です」

「なぜ死んだ？」

「下の子を産んだ後の肥立ちが悪く、血の道の病によって死にました」

「病か」

「よくある話でございましょう」

寿々之介は大きく息をついた。眉間の皺も、掌に立てた爪も、きつく力の入ったままだ。

「わかった。患者の治療が済めば、刀は返してやる。まずは患者を診ろ。女のそなたにしかわからぬ病かもしれん」

「患者さまも、女性であられるのですか？」

寿々之介は黙って立ち上がった。足早に部屋をよぎる。

襖《ふすま》の開く音を聞き、真澄は咄嗟《とっさ》に振り返った。寿々之介の背中に、若さま、と声を掛ける。

ささやくような早口で、寿々之介は言った。

「私には、まだ生きている母がいる」

寿々之介は部屋を出ていった。

取り残された真澄は、糸が切れたように感じた。心臓がざわざわと走っていた。自分でもわかっていなかったが、本当はずいぶんと気を張っていたのだ。

さらわれてきて、閉じ込められている。

清太郎は今頃、どうしているだろうか。きっと真澄を心配して、あちこち探し回っているに違いない。

真澄は薬箱を引き寄せた。ざっと中身を改める。おかしなところはない。薬包や道具の入れ方も、真澄の手癖のままだ。

右下の端には、薬包や道具を入れない引き出しがある。ちょっとしたものを仮にしまっておいたり、備忘録の紙片を突っ込んだりするのだ。

真澄はその引き出しを開けた。竹でできた小さな笛が一つ、そっと収まっている。

「うぐいすの笛……」

彦馬の顔が脳裏に浮かんだ。言葉を交わしたのは、つい昨日だ。もっとずっと前のことのように思える。

真澄は引き出しを閉じた。薬箱の側面に彫られた桔梗《ききょう》の花を、指先でなぞった。


即効性のある劇薬の烏頭《うず》と、中毒性と依存性の高い阿片。あってはならないはずの二種類の毒が突如、江戸の町に現れた。

主要な成分に烏頭を含む薬がある。通仙散といい、服用した者を昏睡させるものだ。通仙散は幻の薬と呼ばれ、詳細な処方は判然としない。

烏頭中毒の患者を出した医者は神楽坂の良朴、阿片のほうは赤坂の淳庵である。直寛のもとに運び込まれた患者は幸い、三人とも生存している。

そういった一連の話を、直寛は理路整然と語った。

「以上が、昨日ここで真澄どのと交わした物騒な話の内訳だ。何か質問は」

直寛の話は、語り口から内容まで、ほとんど講義の様相を呈していた。握り飯をさっさと食っておいて正解だった、と清太郎は思う。毒物が論題の講義をお菜代わりに、食事などできたものではない。

ふと外を見れば、庭に差す日の光はもう、昼間のものになろうとしている。思いがけず、時を使ってしまった。焦りに駆られて、清太郎は畳を平手で打った。

「毒の話はわかったから、姉上のことです。どこに行っちまったのか、心当たりはないんですか？」

横合いから掌が割り込んだ。彦馬である。清太郎を通せんぼするように、彦馬は腕を伸ばしている。

「直寛先生の話を聞く限り、真澄さんの行きそうな場所は、良朴医師か淳庵医師のところだ。昨日行った可能性が高いのは、もちろん良朴医師のほうだが」

直寛は難しい顔をしてうなずいた。

「一応、昨日の夜も良朴医師のところに人をやったんだが、門前払いだった。居留守を使われてしまってな」

「真澄さんの姿を、その近所で見た者は？」

「そういったことを尋ねる頭が回らなかった。既に時間も遅かったし、こちらは患者の世話でてんやわんやだったのでね。振り返ってみれば、真澄どのの身に何かが起こったのではと、もっときちんと考えるべきだった」

「過ぎたことを悔やむのは無用ですよ。俺と清さんはこれからまた真澄さんを探しに行きますが、直寛先生、人手をお貸しいただけますか？」

「構わん。どうするのだ？」

「良朴医師のところ、淳庵医師のところと、念のために瓜生家の屋敷へ、三方に分かれて手掛かりを尋ねに回りたいのです」

直寛は顎の無精髭《ぶしょうひげ》をざらりと撫《な》でた。

「ならば、良朴医師のところへは、もともと彼の御仁《ごじん》の門下にあった男を行かせよう。瓜生家はうちの門下生も場所を知っているから、ひとっ走りさせられる。が、淳庵医師というのは、私も面識がなくてな」

「でしたら、俺と清さんで淳庵医師のところへ。赤坂でしたね。あのあたりを縄張りにしている親分は一応、面識があります。どうにかなるでしょう」

「やはりつながっているのかね？　烏頭と阿片の件は」

「どちらともいえませんね。それでは失礼」

彦馬は話をまとめて立ち上がった。直寛に一礼すると、さっと踵《きびす》を返す。清太郎は慌てて追い掛けた。直寛が門下生に指示を飛ばす声を、背中に聞く。

清太郎と彦馬は南を指して駆け出した。

空《から》っ風の巻き上げた砂のつぶてが、まぶたを打ち、頬《ほお》を打つ。たちまち喉が渇いた。奥歯を嚙《か》み締めると、じゃりっと音がした。

彦馬の気息が乱れている。脚や肺腑の疲労のせいではないだろう。人混《ひとご》みを縫っての走りでは、さほどの速度は出せない。苦しいのは精神だ。

清太郎は言葉を探した。拙《つたな》い一言しか思い付かなかった。

「彦馬さんに責任はないよ」

一瞬、彦馬は牙を剝《む》くように表情を変えた。怒りの形相《ぎょうそう》は瞬時に隠された。彦馬は表情を消したまま、固めた拳《こぶし》で己の肩口を殴った。

「真澄さんを巻き込んだのは、俺だ。また、性懲りもなく、俺は真澄さんにつらいことを強《し》いてしまった」

「また？　前に何かあったか？」

「清さんにも話したことがなかったかな。真澄さんの腕の傷痕を見るたびに、俺が何を思うか」

「知らない。彦馬さんは秘め事が多すぎる」

彦馬はただ前だけを見ている。

「真澄さんの腕の傷痕は、あれから十年以上が経《た》った今でも残っている。俺や清さんのためにやったことだと思うと、俺はつらい」

「彦馬さんはそんなことを考えていたのか」

「そんなことと、あっさり言ってくれるなよ。俺は、真澄さんには身も心も傷付いてほしくないのに」

「あの傷痕は医者としての武勲の証《あかし》みたいなもんだって、姉上は平気な顔をしているぞ。確かに目立つから、初めての患者にはびっくりされるらしいが」

「武勲の証か」

「考えすぎなんだよ、彦馬さんは。世のため人のために、あれこれ背負いすぎてるんだ」

「そんなことはないさ。俺は薄情な人間だ。ただ……」

声はそこで途切れ、唇だけが動いた。清太郎には、彦馬がどんな言葉を呑み込んだのか、わからなかった。


彦馬が訪ねたのは、湯屋の親父《おやじ》、竹蔵《たけぞう》である。赤坂を縄張りとする岡っ引きの一人だ。

竹蔵は淳庵をよく知っていた。

「淳庵先生なら、うちの客ですよ。あの人がどうかしなすったかね、藤代の旦那《だんな》？」

「事情がありまして。淳庵先生はどういったお人柄なんでしょう？」

「善人でさあね。ずるいところがまったくなくて、施しをしすぎるんですなあ。暮らし向きは楽じゃあなさそうだ。三十五かそこらで独り身。腕は抜群にいいんですがね」

清太郎は首をかしげた。

「西洞の評判と似ているな。でも親父、腕がいいって本当かい？　俺たち、淳庵先生のところで悪い毒に当たっちまったっていう患者を知っているんだ」

「毒ですかい？　あの淳庵先生のところから、毒？」

「ああ。煙草《たばこ》みたいに煙管《きせる》で吸うらしい。繰り返し吸ってるうちに、それなしじゃあいられなくなるんだ。毒が回ると、骨と皮だけに痩《や》せて、魂が抜けたようになっちまう。頭のほうもだんだんおかしくなっていって、最期《さいご》はそのまま」

竹蔵は、ぶるっと震えた。亀のように首をすくめながら見やった先に、二階へ続く階段がある。湯屋の二階の座敷では、碁を打ったり噂話《うわさばなし》に花を咲かせたりと、客がめいめいに楽しむものだ。むろん、喫煙をする客も多い。

「旦那がた、その毒ってのは、例えば、匂いでわかるもんなんですかい？　煙草だと思って油断したら、実は毒を吸っちまっていたなんて、洒落《しゃれ》にもなりませんぜ」

彦馬は竹蔵をなだめるように微笑んだ。

「そうたやすく出回るものではありませんよ。清国からの船来品で、江戸においては、おそらくかなり高価なはずですから」

「だったらいいいんですがね。しかし、何だってそんな珍しい毒が淳庵先生のところに？」

「それがまだよくわかっていないんです。だから、淳庵先生とじかに話をしてみたいし、この近辺で聞き込みもしたい。竹蔵親分のお墨付きをもらえますか？」

竹蔵は、じいっと彦馬を見た。蝦蟇蛙《がまがえる》みたいな親父だなと、清太郎は思ってしまった。両目の間が離れているのと、視線の感じがじっとりしているせいだ。

やがて竹蔵はうなずいた。

「よござんす。名うての切れ者、藤代彦馬さまの評判は、赤坂にも届いておりやす。お力添えできりゃあ、手前としても光栄でさあ」

「かたじけない。助かります」

「さて、それじゃあ、ちょいと待っていてくだせえ。淳庵先生の住む長屋の差配の婆さんが、ちょうど今、うちで風呂を使っているはずなんで」

清太郎と彦馬は、客の出入りのない奥まったところで少し待たされた。ほどなくして、竹蔵は、背筋のしゃんとした婆さんを連れて戻ってきた。

婆さんは竹蔵にぶつくさ文句を垂れていた。が、清太郎と彦馬に引き合わされるなり、婆さんは不機嫌顔を引っ込めた。

「あらまあ、いやだよ、ずいぶんと男前じゃあないですか。竹蔵親分から用向きは聞いていますよ。あたしゃ、とらと申します。うちの長屋の淳庵先生がどうかしました？」

猫撫で声に早変わりである。糸のように細めた目は、笑い皺にすっかり埋まった。

清太郎は、おとらの背丈に合わせて体を屈《かが》め、にっこりしてみせた。

「よろしく頼むよ。俺は子供に剣術を教えている瓜生清太郎って者で、こっちの藤代彦馬さんは同心だ。身元はちゃんとしている。ちょっと話を聞かせてもらいてえんだ」

「はいはい。もちろんいいですとも」

「淳庵先生って、どういう人なんだ？」

「そりゃ、腕のいい医者ですよ。竹蔵親分もかかったことがあるよねえ？」

おとらに話を振られ、竹蔵はうなずいた。

「今年の正月にひどい風邪をひいたときと、春先にぎっくり腰をやったときだな。正月だろうが花見の最中だろうが、淳庵先生は駆け付けてくれやしたね」

うなずいたおとらは、急に声をひそめた。

「ただ、医者の不養生ってやつかねえ。淳庵先生、近頃はどうも体の調子が悪いみたいなんです。胃の腑に穴が開いちまったなんて言って、料理を差し入れてやっても、ろくに食べてくれやしない。あんなんじゃ病気になっちまいますよ」

清太郎は合いの手を入れた。

「そいつは心配だな。淳庵先生の様子が変わったのはいつからだい？」

「かれこれ半年近くになるかね。夜中にうなされてもいて。やっぱり心労ですよ。おさむらいの旦那がたの前でこんなことを言うのも何ですがね、淳庵先生、どうやら、あるお武家さんのお抱えになりそうなんだけども、これが大変みたいでねえ」

「武家のお抱え？」

「そうなんですよ。上等そうな格好をした若いおさむらいさんが淳庵先生を訪ねてきたことがあって。淳庵先生に確かめたら、こいつはまだ人には教えられないことだからって言うんです」

「教えちまっているじゃないか。俺たちに聞かせてよかったのかい」

清太郎が呆れると、おとらは、ちょろっと舌を出した。

「本当だ。やっちまいました。あたしも困ったもんだ。年の功も何もあったもんじゃない」

彦馬は、おとらの肩を優しく叩いた。

「安心してください。おとらさんが話したことは、淳庵先生には内緒にしておきますから。それにしても、さすがは名医と噂される先生だけありますね。お抱えの話が決まれば、淳庵先生もほっとして、胃の腑のほうも治るでしょう」

おとらは深くうなずいた。いかにも誠実そうで優しげな彦馬から、内緒にすると保証され、舌の滑りがさらによくなったようだ。

「淳庵先生って、人はいいし腕はいいしで、医者としては文句がつけがたいんだけども、店子《たなこ》としてはちょいと困ったところもあってねえ。旦那がたも、もしかして御存じかしら」

「懐《ふところ》が寒そうだという話でしたら、少しうかがいました」

「そうそう。人がよすぎるもんで、薬代を払えない貧乏人まで世話するんですよ。おかげで長屋の店賃をためちまう。だからね、今回のお抱えの話がうまくいったら今までの店賃が全部払えるよって言って、淳庵先生、喜んでいてね」

「なるほど。うまくいってほしいものです」

おとらは得意げに胸を張った。

「きっとうまくいきますって。だって、ここ最近、あたしの長屋には、いい流れが来ているんですもの。子供が生まれたとか、祝言を挙げたとか、親方から独り立ちしたとか、図々しく住み着いてた忌々《いまいま》しい野良犬どもがいなくなったとかね」

清太郎は、はっとした。

「野良犬だって？」

「ええ。あたしゃ、野良犬が本当に嫌いでね。吠えてうるさいし、蚤《のみ》やら糞やら汚いし、噛まれでもしたら病気になって死んじまう」

「その大嫌いな野良犬が、いなくなった？」

おとらは、にいっと笑った。

「淳庵先生が追い払ってくれたらしいんですよ。手柄を自慢する人じゃあないんで、何も教えちゃくれませんけどね。淳庵先生が野良犬に何かを食わせるのを見たって人がいるんです。あれは野良犬よけの薬だったんですよ、きっと」

背筋に冷たいものが走るのを、清太郎は感じた。

「野良犬よけの、そいつは、薬じゃなくて毒って呼ぶんじゃないのか？」

おとらは目を剝いた。

「毒なもんですか！　淳庵先生はまともな医者ですよ。毒なんて持ってやしません。野良犬どもだって、ちっとも苦しんじゃいなかった。すぐ唸《うな》ってやかましかったのが、薬をもらい始めたら効果てきめんでした。だんだんおとなしくなっていってね」

彦馬は眉をひそめた。

「おとなしくなった犬は、そのまま痩せこけていって、魂の抜けたようになって、死にましたか？」

「そうそう、まさにそんなふうでした。何だ、旦那も御存じでしたか。まあとにかく、おかげさまで長屋のまわりがきれいになりましたっていうお話ですよ」

清太郎は、彦馬と目配せを交わした。彦馬の顔に理解の色がある。清太郎が勘付いた事実を、彦馬もまた直感している。

おとらの口から聞く野良犬の様子は、直寛から知らされた阿片中毒者の様子と似ている。医者が不審な行動を起こし、まもなく大金が手に入るとほのめかし、近所の野良犬がおかしな死に方をする。それは、死んだ西洞の一件と状況が同じだ。

清太郎は拳を握った。

「今から行って、本人に確かめよう」

おとらは、残念ながら、と首をすくめた。

「淳庵先生、今いないんですよ。二、三日前に、病人の付き添いで長丁場になるって言ってどこかに行ったっきりね」

清太郎と彦馬は顔を見合わせた。

「彦馬さん、どうする？」

「きな臭いな」

「淳庵先生を探すか？　それとも、姉上が行ったはずの神楽坂？」

彦馬の思案は、まばたきひとつぶんだった。

「神楽坂だ。動こう」


坂の上に立って見晴らした。人波に浮き沈みする禿頭を、ついに見付けた。

「いたぞ！」

清太郎は鋭く言い放った。彦馬は目をすがめた。

「俺には見えない。ずいぶん先のほうか？」

「ああ。今、坂を下り切ったところだ」

「追い掛けよう。清さんの目だけが頼りだ」

「任せとけ」

清太郎と彦馬は再び駆け出した。

神楽坂の医者、良朴を追っている。淳庵と同じく、良朴もまた屋敷にいなかった。つい今し方どこかへ出掛けたと、年若い女中に告げられた。

清太郎と彦馬は、手当たり次第に人に尋ね、良朴の行方《ゆくえ》を追った。禿頭の老人は存外、人の印象に残りやすいようだった。証言を伝って神楽坂を走り、そして清太郎が発見したのだ。

良朴はふらふらと歩いていた。供まわりを連れず、薬箱も携えず、足取りは覚束《おぼつか》ない。清太郎と彦馬はぐんぐんと距離を詰めた。良朴はにぎやかな表通りを外れ、路地を進んでいく。

やがて良朴は一軒の小さな屋敷の門前で歩みを止めた。十分に声の届く距離だった。

「良朴先生！」

清太郎は叫んで呼んだ。良朴は、びくりとして振り向いた。怯《おび》えた顔である。老いた良朴が行動を起こすより先に、清太郎と彦馬がそこへ追い付いた。

「あんたがたは……」

「定廻《じょうまわ》り同心の藤代彦馬と申します。こちらは瓜生清太郎。先生も御存じの医者、瓜生真澄の弟です」

彦馬は一息に告げながら、清太郎とは反対側に回った。良朴は、刀を帯びた男二人に挟まれ、きょときょとと首を巡らすばかりだ。俎上《そじょう》の魚のように口を開閉するが、声はない。

どういうことだ、と清太郎は思った。直寛からは、良朴は老練の医師であると聞いた。好色漢であるとも聞いた。

だが、目の前にいるのは、骨と皮ばかりに痩せてしなびた老人である。病という、人知の埒外の難敵に挑む気概など、一つも感じられない。色欲を奮おうものなら、文字どおり精魂尽き果てるのではないかと、傍目《はため》にも恐ろしくなる。

清太郎は地に片膝を突き、良朴に微笑んでみせた。

「驚かせちまいましたかね。俺たち、良朴先生を探してここまで来たんです。無事でよかった」

良朴はなお、声もなく喘《あえ》いでいる。ひん剝かれた目玉は飛び出さんばかりだ。着物の襟のあたりを両手でつかんで、くしゃくしゃにしている。

彦馬は単刀直入だった。

「何に怯えていらっしゃるのです？　我々が何を調べに来たとお考えですか？」

良朴は、ひっ、と喉の奥で叫んだ。膝が震えて倒れかける。清太郎は咄嗟に腕を差し出した。良朴は踏みとどまり、彦馬を見上げた。

「知っておるのか？　どこまで、何を知って……追ってきたのは、儂《わし》の身か？　あるいは、儂は、手繰《たぐ》り寄せる糸の途中に、ただ目印として……？」

「さあ、どうでしょうか。何にせよ、御自覚がおありでしょう。大変な危険の只中《ただなか》にいるのだと。こちら、お知り合いのお宅ですか？」

彦馬の口調も表情も穏やかなふうを装っていた。ただ、まなざしは、良朴を刺し貫かんばかりに鋭い。

良朴は身震いをし、彦馬の問いに答えた。

「め、妾《めかけ》の住まいじゃ」

「中に入れていただくことはできます？　立ち話にはふさわしくないでしょう？」

良朴はうなずいて肩を落とした。

「入ってよい。今は誰もおらぬ」

「お妾さんはどちらに？」

「よそへ召し抱えられておる。人質じゃ」

彦馬に促され、良朴は屋敷の門を開いた。

手狭だが、日当たりのよい屋敷だった。全ての部屋が庭に面した造りになっている。雨戸を開け放つと、屋内は隅まで明るくなった。

女の部屋だ。いくらかの埃《ほこり》っぽさに混じって、香木の甘い匂いがする。壁際に瀟洒《しょうしゃ》な香炉が置かれている。白粉《おしろい》と紅の匂いもする。上等そうな鏡台に化粧品の小さな陶器が並べられている。

片付けられた部屋のそこかしこに、なまなましい色気が巧妙に仕掛けられている。そんな気がして、清太郎は、何とはなしに後ろめたくなった。

彦馬は、へたり込んだ良朴に柔らかな笑みを向けた。

「良朴先生、お寒いのでは？　火をおこしましょうか？」

清太郎はひょいと土間のほうを見やった。炭や焚物《たきもの》の類いは蓄えてある。

「火をおこすなら、俺が」

武家の坊ちゃんとはいえ、清太郎も道場では一からの叩き上げである。修業の一環と称して、火おこしや薪割り、掃除に飯炊きと、いろいろ仕込まれた。こういう仕事なら、器用な彦馬よりも得意だ。

「任せた、清さん。俺たちもお茶をいただけるとありがたい」

「喉が渇いたな。良朴先生、この家には井戸がありますか？」

一歩、二歩。

何気なく体を動かした瞬間、清太郎の第六感に引っ掛かるものがあった。視線である。視線が付いてくる。見られている。

清太郎は庭のほうを振り向いた。はっきりと感じた。気配が一つ、じっとこちらをうかがっている。

「誰だ！」

縁側から庭へ飛び出す。低く踏み込む。刀を抜く。

白刃《はくじん》が清太郎を襲った。構える間もない。条件反射だった。がつんと衝撃。敵の剣を受けた後で、奇襲を防いだと知る。

鍔迫《つばぜ》り合いをしている。

敵の眼光が間近にある。

強い、と悟った。かっと全身が燃える。汗が噴き出す。腕がわななく。

彦馬が声を上げた。敵が、ちらと、ほんのわずかに、清太郎へ向ける殺気をそらした。

「清さん！」

力の均衡が崩れる。清太郎は刀を振り抜く。

敵はひらりと跳び退《すさ》った。細身の男だ。覆面をしている。布の隙間《すきま》にのぞく目が異様に鋭い。

敵は何者か。

清太郎は晴眼《せいがん》に構えて間合いを測る。白刃が昼光を映している。

奇妙な型である。右手一本で脇差《わきざし》を構えている。左腕は飛鳥の翼のように広げられ、膝を撓《たわ》めた体勢はひどく低い。

敵が動いた。

脇差が旋回した。刹那《せつな》、円形の残像に清太郎は目を奪われる。出遅れた。反射的に刀を振った。辛うじて攻撃を受け流す。耳元に、ひゅっと空気の裂ける音。

旋回は勢いを止めない。高く低く、自在な軌道。舞を舞うかのようだ。しなやかで速い。

何だ、この剣術は。

清太郎は総毛立った。剣筋が一切読めない。目を見ても右腕を見ても、敵の次の手がわからない。

ばね仕掛けのような足捌《あしさば》き、機敏に躍る空の左腕、軸のありかのつかめない体幹。まるで軽業師《かるわざし》である。

脇差がいきなり喉元へと伸びてくる。清太郎はのけぞる。体勢の崩れたところにまた斬撃が伸びてくる。

なぜ届くのか。

清太郎は、まなこを見開く。そして見極める。

斬撃の基点が違う。肩だ。いや、肩甲骨だ。柔軟な肩甲骨から脇差の切っ先まで、一直線に伸びている。だから敵の脇差は、正面に構えた清太郎の打刀より遠くへ届く。

清太郎の背が木の枝に触れた。未熟な金柑《きんかん》の硬く酸い匂い。これ以上は下がれない。

敵は必殺の気迫である。清太郎は防ぐ。迎え打ち、受け流し、のけぞって躱《かわ》し、剣筋をそらし、ただ凌《しの》ぐ。

腕一本で繰り出される斬撃が重い。高速で旋回する勢いをそのまま受ければ、清太郎の両腕が痺《しび》れる。

強い。凄《すさ》まじく強い。

一閃《いっせん》、左肩に痛みが走った。傷は深くない。

切り飛ばされた菊花が舞う。芳香が散る。土の匂いと混じる。花弁が泥にまみれる。着物の袖が邪魔だ。ばさばさとなびき、腕に纏《まと》わり付く。乱れたところを捌く余裕など、あろうはずもない。

焦りを読まれた。

ついに避け損ねた。右の袖を裂かれた。

しかし、その瞬間に好機を得たのは清太郎である。白刃の旋回が鈍った。布に切っ先が引っ掛かったのだ。敵の気息が、足捌きが、初めて乱れた。

今だ。

清太郎は突きを繰り出した。だが踏み込みが甘い。

敵は横っ飛びに逃れた。清太郎は目の端にその動きを追う。だが追い切れなかった。そうと知ったのは地に転がされた後である。

脇腹をやられた。

「ぐ、ぁ……ッ！」

斬撃ではなく打撃だ。痛みより危機感が強い。清太郎は無理やり体を起こした。

敵は、掲げていた片脚を下ろした。清太郎の脇腹に一撃を加えたのはあの脚だ。くるりと回って体勢を入れ替えながら、清太郎を蹴り飛ばしたのである。

清太郎は、立ち上がるより先に刀を構えた。敵は小首をかしげた。肩に担ぐ格好だった脇差を、ひらりと振って清太郎に向ける。

脇差はしかし、清太郎には牙を剝かなかった。敵は振り返りざまに斬り払った。硬く小さなものが割れた。赤い模様の陶片が飛び散った。粉が舞った。独特の、噎《む》せ返るような匂い。白粉である。彦馬が投げ付けたのだ。

彦馬は、構えた刀の柄《つか》に左手を添えた。

「二対一だぞ」

敵の判断は速かった。塀に駆け寄り、跳んだ。そのまま塀を跳び越えた。

「待て！」

清太郎は門から飛び出した。既に無人である。軽い足音だけがかすかに聞こえ、すぐに消えた。

追い払った。

嫌な汗が清太郎の全身を伝った。清太郎は、音にならない声を上げ、空を仰いだ。空は、白々しいほどに高く澄んで晴れている。

追い付いてきた彦馬が、清太郎の顔をのぞき込んだ。

「大丈夫か、清さん？」

清太郎は己の両の掌を見た。細かな震えが止まらない。

「剣の向こうに死が見えたのは初めてだ」

彦馬はただうなずき、清太郎の背に手を添えた。温かい。冷たい汗の伝う背筋が、掌の熱のあるところからほぐれていく。

良朴は畳の上で居住まいを正した。

「瓜生どの、藤代どの、このたびは大変に面目ない。そして、この老骨めの命を救っていただき、まことに感謝いたします」

深々と禿頭を下げる。その声に、態度に、気力がある。良朴は面を上げた。正気を取り戻した顔である。

清太郎はかぶりを振った。

「追い払うことしかできませんでした」

「致し方あるまい。いや、お二方が剣術に秀でておられるのでなければ、ここに何人いようとも、全員が殺されていたことじゃろうて。瓜生どの、こちらへ。傷を診よう」

清太郎は良朴の手招きに従った。良朴は台所から焼酎の瓶を取ってきた。

「良朴先生は外道の医術もできるんですか？」

「特別に深く学んではおらぬが、年の功というやつじゃ。医者の看板を掲げておれば、金創を診る機会も多分にある」

清太郎は肌脱ぎになった。肩と胸に、うっすらと血の汚れが付着している。良朴は、長持から出した晒《さらし》をあてがいながら、清太郎の傷を焼酎で洗った。

咄嗟に清太郎は息を止めた。熱いのと冷たいのが同時に傷口に刺さる。何度やられても、毒消しの処置には慣れない。強烈な酒精を嗅いでしまい、頭がぐらりとする。

良朴は幾度もうなずいた。

「よい。傷は深くない。縫う必要もなければ、腱や骨に達するものでもない。出血も軽い。毒に中《あた》ってもおらぬと見える」

彦馬は良朴を手伝い、新しい晒で傷口を縛った。良朴に問う。

「先ほどの刺客が何者か、心当たりがおありなのですね？」

良朴はうなずいた。

「我が取引相手の配下の者じゃ。あの奇妙な剣術は清国渡来のものに相違なかろう」

清太郎は仰天した。

「何だって？　清国の剣？　江戸じゃあ見たことのない型だったが、まさか海の向こうのものだとは」

彦馬は眉をひそめた。

「阿片もまた、清国で流通している毒だと聞きましたが」

「さよう。きゃつらは清国から買い入れたそれを江戸に持ち込んでおる。阿片に限らず、常ならば薬種問屋の扱わぬ烏頭に曼陀羅華《まんだらげ》といった毒も、まともに買えば極めて高価な唐物《からもの》の薬種も、何でも取り揃えておる」

清太郎は、あっと声を上げた。

「じゃあ、死んだ荒木西洞が新たに取引を始めた薬種商ってのは、そいつらか！」

「荒木西洞？　あの男が死んだだと？」

「そうです、烏頭の毒で。調べが途中だったのに、それも打ち切られた。西洞が間違って烏頭を飲んでしまったということで、あっさり片付けられちまいました」

「何と。ああ、確かに間違いではあろう。烏頭など手に入れてしまったことが大きな間違いじゃ。荒木西洞も、儂も」

彦馬は静かに詰め寄った。

「お認めになりましたね。良朴先生、烏頭をお使いでしたか」

良朴は一つ長い息をついて、白状した。

「使った。命じられたのじゃ。烏頭の毒を含む薬、通仙散を完成させよと。通仙散は、処方の詳細が謎に包まれておる。だが、やれと迫られた。人質を取られ、期限を切られて、次第に追い詰められた」

「西洞も同じだったのでしょうか？」

「恐らくは。だんだんと望みを失い、ついに烏頭を飲んでしもうたのではないかな。儂も、あてもなくここへ来た。いつ殺されるかと思うと、生きた心地がまったくせなんだ。儂は既に、昨日、用済みであると切り捨てられたゆえ」

「昨日ですか。何があったのです？」

「人を死なせかけた。きゃつらと真澄どのの目の前で」

真澄の名が飛び出し、清太郎と彦馬は、びくりと体を震わせた。清太郎は良朴の両肩をつかんだ。

「やっぱり姉上は昨日、良朴先生のところへ行ったんですね！」

「来たとも。そして、儂が死なせかけた者を、鮮やかな手際で救ってみせた。儂はただ己かわいさに人道を誤り、怯え、泣き、呆《ほう》けるばかりであった」

「その後、姉上は？」

「手当ての途中であったゆえ、真澄どのは患者と共に駕籠に乗っていったぞ。真澄どのがいかがしたのじゃ？」

「行方が知れないんです」

「何と」

「患者だけが喜多村直寛先生のところにたどり着いたそうです。一緒に行くはずの姉上は、途中で消えちまったみたいで」

良朴は絶句した。老いて痩せた顔から血の気《け》が引くと、くしゃくしゃにした紙のようだ。

彦馬は、いっそ無造作なほどの仕草で、清太郎の両手を良朴の肩から引き剝がした。

「真澄さんをかどわかしたのも、先ほどここへ襲撃を掛けたのも、同じ手の者ということでしょうね。良朴先生がきゃつらと呼ぶ、阿片や烏頭を調達した者。通仙散なる薬のために、医者を脅していた者」

清太郎は、はっとした。

「野良犬が死んだのは、毒の効きを試されていたんだな。烏頭や阿片、作りかけの通仙散。人に使うことはできないから、まずは野良犬で試した。それで野良犬が死んだ」

「最終的には人死にも出たわけだが」

清太郎は我知らず身震いした。声もまた震えた。

「姉上はどうなる？　さっきの覆面野郎、剣を振るうことを何とも思っちゃいないような輩《やから》だ」

最悪の想像を否定したのは、良朴である。

「きゃつらは、真澄どのには危害を加えまい。真澄どのは有用と判断された。真澄どのがきゃつらの求めに応じられる間は、おかしなことはされぬ」

清太郎は答えを急いた。

「きゃつらって何者なんですか？　姉上はどこに？」

「正面切って歯向かえる相手ではないぞ。礼を失する言いようではあるが、たかが御家人の跡取り息子と駆け出しの同心では、そもそも同じ舞台にすら上がれぬ」

「何ですか、それ。俺たちでは手出しのできない相手？　名のある旗本か、まさか大名？」

良朴は口をつぐんだ。話の続きを促しても、言い淀《よど》むばかりである。

清太郎は唇を噛み、拳を固めた。体に力を込めるたび、蹴られた脇腹が鈍く痛む。左肩の切り傷は、じりじりと疼《うず》いている。

彦馬は清太郎の拳を軽く叩いた。

「熱くなるな。今はそのときではない。今熱くなっても、それは単なる焦りだ」

「でも、俺は」

「手掛かりはそれなりに揃っている。次の手は打てる」

さらりと、彦馬は言い切った。良朴に向けられたまなざしは、凍《い》て付くように静かだ。まるで抜き身の刀である。

「彦馬さん、手掛かりって？　敵の正体がわかったのか？」

「いや、調べる筋道が見えただけだ」

「筋道って何だ？　教えてくれ」

「幕府の御法度の下、清国との接点は長崎のみ。阿片を含む御禁制の唐物の薬種は、抜け荷で手に入れたのだろう。それが可能なのは、立地の上で有利な九州の大名か、あるいは長崎奉行もあり得るが、とにかく調べるべきはそういう線だ」

「なるほど。九州の大名か、長崎奉行を務めた旗本で、要人が通仙散を求めるような病にかかっている。そんな条件に当てはまるところを見付け出せばいい」

「これは確かに、たかだか俺たちの身分では、探りを入れるだけでも危ういな。俺はやるが」

「俺もやる。姉上を取り戻す。目的のために手段を選ばねえやつらの手に、姉上を委《ゆだ》ねたままでいられるか」

すぐにも立ち上がろうとする清太郎と彦馬を、良朴が止めた。

「待つがよい。闇雲に行くな。話す。儂の推測をすべて話す。おぬしら、肥前国の日《ひの》島《しま》藩を知っておるか？」

清太郎は首をかしげた。

「日島藩？」

真澄は目隠しを外された。ほのかに甘い香りと衣擦れの音から予測していたとおり、貴人の前に座らされていた。

貴人とは、女である。ひどく痩せて、頬骨の飛び出た女。寿々之介の母と聞いて想像していたより若い印象がある。

真澄は深々と頭を下げた。ほほ、と女が笑った。

「かしこまらずともよい。真澄や、そなたのことは既に聞いておる。よう来たのう。決まりがいろいろあるのじゃと下の者どもが口うるさいゆえ、罪人のように目隠しなどさせてしもうた。面を上げて顔を見せておくれ」

「恐れ入ります」

真澄は女の言葉に従った。

女は顔をほころばせた。小さな目が糸のように細められた。化粧っ気のない肌は荒れている。口元に添えられた手の端から、八重歯と笑窪《えくぼ》がのぞいた。

「愛らしいおなごじゃ。男のような身なりをして気の強い、男顔負けの腕を誇る医者であると、息子はそなたのことを恐ろしげに言うたが、何とまあ、美しく愛らしいこと。寿々之介や、なぜそうと教えてくれなんだ。さては照れたかえ？」

女がにこやかなまなざしを向ける先に、心外そうな寿々之介がいる。寿々之介の傍《かたわ》らには、禿頭の中年男が控えていた。男は真澄と目が合うと、にいっと口元を歪《ゆが》ませた。

真澄は顔の火照《ほて》りを自覚した。気恥ずかしさのために顔が上気したのでもあるし、部屋がずいぶんと暖かいせいでもある。

狭い部屋だった。畳の縁《へり》から欄間《らんま》の木彫まで豪奢《ごうしゃ》な模様が施されているが、本来は客を招くための場所ではない。寝室である。

脇息《きょうそく》にもたれた女の体の下に、布団が敷かれている。女は帯を締めず、桃色の内着を纏った上に、びっしりと花の刺繡《ししゅう》がされた綿入れを羽織っている。

病人だ、と真澄は気取った。女の顔色はくすみ、白目は濁り、肌や髪から潤いが失われている。一見しただけでは、いずれの臓腑の病か判然としない。

寿々之介がごく簡単に、女を真澄に紹介した。

「母だ」

それを聞いてまた、女がころころと笑った。

「もう一言、二言、伝えるべきことがあろう。まったく、この子は、まるで母の名を忘れてしまったようではないかえ」

「忘れてなどおりませぬが」

寿々之介は唇を尖《とが》らせた。真澄はつい、小さく笑った。彦馬がときどきこんなふうだ。母の房に世話を焼かれると、むずがゆそうな顔をして口数が少なくなる。

女は自ら名乗った。

「於富《おとみ》と申す。松園《まつぞの》家世子たる寿々之介の母じゃ。この子はこう見えて、母に甘くての。わたくしが、こちらの屋敷は庭が美しいゆえこちらのほうが好きじゃ、と言うたのを聞き、わざわざこの館を整え、わたくしをこちらに呼んでくれた」

「母上、そのようなことは話さずとも」

「話してよいではないか。わたくしはこの館とそなたの庭が好きじゃ。殿の屋敷は広いばかりで、寒うてかなわなんだ。殿は別のおなごの部屋を熱心に暖めておられるしの」

「ですから母上、それは……」

「のう、真澄や。江戸は秋になればもう意地悪で冷たい風が吹きおるが、この館は暖かくて心地よいであろう？　ほら、そこなる鉢の花も、殿の国許《くにもと》より取り寄せた花であるが、ここではきれいに咲くのじゃ」

真澄はあいづちを打ってみせた。内心、肝の冷える思いだった。相手の正体と己の居場所を察してしまった。

ここはどこかの藩邸の、おそらく中屋敷である。上屋敷の主《あるじ》は藩主で、中屋敷には藩主の世子や隠居した先代が住まうのだ。於富は正室だろう。本来は上屋敷に住むはずだが、どういう事情なのか、中屋敷に越してきている。

松園家というのがどこの藩主の家なのか、真澄は知らない。国許は暖かいというから、九州か、四国か。

「女医どの」

寿々之介に呼ばれ、真澄は背筋を伸ばした。

「はい」

「母の病を診ろ。治す手立てを探している」

「心得ました。奥方さま、どのような症状がおありなのでしょう?」

於富は、骨張った手で己の左の乳を捧げ持った。

「乳の中に石ができてしもうた。このような病を知っておるかえ?」

真澄は血の気が引くのを感じた。

それは死病の一つだ。乳の石から全身に病が回り、骨や臓腑、あるいは頭に激痛が起こる。患者は激痛に悶《もだ》え、痩せ衰えて死んでいく。

「存じております。乳巌《にゅうがん》と申す病です。治す方法はただ一つ。体にとって毒となる乳の石を取り去れば、患者は生き長らえうるといわれております」

「乳の石を取り去るとな」

「外道の医術でございます。皮膚を刃物で裂き、石を除き、裂いた皮膚を縫い合わせます。しかし、切開と縫合は大変な痛みを伴う処置であり、患者の体に重い負担を掛けます。血が大量に失われ、傷口から熱を発することもしばしばです」

於富は頰に手を添え、細い首をかしげた。仕草がどこか少女めいていた。目は熱っぽく潤んでいる。

「まあ、恐ろしい。わたくし、痛いのは嫌じゃ」

「乳の石は痛みませんか？」

「いや、乳は痛まぬ。重く疼くように張っておるが。我が子が赤子であった頃、乳が膨れて乳汁があふれておったときの感じにも似ておる」

「ほかに痛みのあるところはございませんか？」

「肩や背中が強張《こわば》っておる。すぐに眠くなり、体が冷え、ちと頭が痛い。それだけだえ。体に石の生ずる病は総じて、いても立ってもいられぬほどに痛むものであると、そこなる元化《げんか》に脅されておったが、わたくしはそのようなこともない」

真澄は禿頭の男を見やった。この男も医者なのだ。元化はにこやかに目礼しただけで、黙っている。

ふと頭痛を覚え、真澄は一度きつく目を閉じた。こめかみの経穴《けいけつ》を指で押さえる。頭がすっきりしないのは、部屋が極端に暖かいせいか、香が強く焚かれているせいか。

真澄は頭を振り、目を開け、気息を整えた。

寿々之介は真澄に問うた。確かめる口調だった。

「女医どの、通仙散を知っているな？」

「はい。奥方さまの病状をおうかがいし、すべてがつながりました」

「話してみよ」

「承知しました。通仙散は、三十年ほど前、外道の医者である華岡青洲が開発した眠り薬です。通仙散を飲んだ患者は昏睡し、痛みを知覚しなくなります。華岡は通仙散を用い、乳巌を取り去る医術を得意としておりました」

「通仙散に用いたとされる薬種は」

「毒性のある曼陀羅華を主とし、劇毒である烏頭を加え、そのほかに数種の薬種を配して毒を和し、安全を高めます。配すべき薬種には白芍、当帰、川芎などが伝えられますが、確かな手掛かりはございません」

「詳しゅう知っておるのだな」

「当然です。通仙散は、医者ならば誰しも、喉から手が出るほどほしい薬ですから」

「そなたのような本道の医者でもか」

「はい。通仙散があれば、治せる病がずっと増えます。例えば、体内に生じた石や、毒を発する腫物を取り去りやすくなりますね。あるいは、傷の縫合や虫歯の抜去も、痛みが邪魔をせぬのなら、患者の苦しみはずっと少なくなります」

「では、通仙散の処方を試みたことは？」

「ございません」

「なぜ？」

「危険ですもの。華岡は調合する薬種、分量、手順まですべて秘匿しました。烏頭や曼陀羅華という毒を使う薬ですから、処方を少しでも誤ると人が死ぬ。偽薬の蔓延《まんえん》を恐れたために秘匿したといわれております」

実際、華岡が通仙散を完成させるまでには人死にが出ている。華岡の母が死んだ。妻は失明した。家族に飲ませるより前には近所の野良犬に試し、皆、殺し尽くしたという。

場違いなほどにおっとりと、於富が笑った。

「真澄や、問答をしてわかったであろう。寿々之介はとても賢いのじゃ。医学だけではないぞ。歌も国学も、唐土《もろこし》の歴史さえ、何でも知っておる」

「さようですか」

「そろそろわたくしの体を診ておくれ。近う寄るがよい」

「恐れ入ります」

真澄は寿々之介をちらとうかがい、それから於富のそばへ膝を進めた。於富は真澄に手を差し伸べた。真澄の髪に触れると、目を輝かせる。

「あら、柔らかい髪。ふわふわして心地のよいこと」

「小さいのう、そなた。ほんに愛らしい。化粧もしておらぬのかえ。そなたのような者がわたくしに仕えてくれるとな。嬉しいこと」

「奥方さま」

「あの、奥方さま、わたし、お仕えするだなんて」

「わたくしはかわいらしいものが好きじゃ。花も、小さなものがよい。そうじゃ、そなた、まるで金木犀《きんもくせい》じゃな。よい香りのする、あの小さな花の……」

突然、於富は悲鳴に似た声を上げて真澄の手首をつかみ、袖をまくった。真澄の前腕が剝き出しになる。

「この傷痕は、いかにしたのじゃ？　誰かにいじめられたのかえ？」

刃物で深く切った痕がある。火傷《やけど》の痕もある。切傷の膿《う》んだ痕もある。幾種もの傷が入り乱れ、赤黒く、あるいは青白く、皮膚に不気味な模様を描いている。

真澄は、於富をなだめる笑顔をこしらえた。

「自分でやりました。十年以上も前になりますが、金創の薬を試したのです。どの傷にどの薬が効くのか。医書にあるものから巷間《こうかん》の噂によるものまで片端から試し、本当に効果のあるものだけを記録し、使用することとしました」

於富の熱っぽい目がたちまち潤み、涙があふれた。

「まあ。何と、何と健気《けなげ》で勇敢なおなごじゃ。医者としての覚悟ゆえに、ここまできるのか」

「覚悟というほどのものではございません。知りたかっただけです。弟たちが剣術稽《けい》古《こ》に明け暮れ、傷が絶えなかったものですから、それを何とかしてあげたくて」

「痛かったであろう？　体も心もじゃ。このように傷だらけにしては、嫁入り前のおなごの胸はずたずたに傷付いたであろうに」

「いいえ、そんなことは」

傷は、笑いながら受け入れられた。父が選んだ許婚《いいなずけ》は、研究熱心だねと、それだけ言った。傷の醜さを嫌うことも、真澄の意地に呆れることもしなかった。だから真澄は、この人ならばと思った。

於富は袖で涙を拭《ぬぐ》うと、また真澄の髪に指を絡めた。

「この髪、ふわふわしておるのも愛らしいが、結うたところも見てみたい。着物もじゃ。地味な色も男のような袴も、わたくしの前ではおやめ。おまえはかわいらしいのだから」

「ありがとう存じます」

「真澄には何色が似合うかのう？　どう思うかえ、寿々之介？」

於富は寿々之介に笑顔を向けた。寿々之介は苦々しげに、こめかみを押さえた。

「母上、お加減のよいうちに診療を受けられてはいかがです？」

「おお、さようじゃな。真澄、来りゃれ」

真澄は於富に手を引かれ、前にのめった。慌てて体を立て直す。

「承知いたしました。ですが、奥方さまにはお召し物を脱いでいただかなくてはなりませんので、若さまは、あの」

真澄は寿々之介を振り向いた。皆まで言う必要もなく、寿々之介は立ち上がった。

「廊下へ出ておる。なるべく手早く済ませよ。母は近頃、長く起きていることができぬ」

「心得ました」

寿々之介は部屋を後にした。元化はそのままそこに残った。

於富が言った。

「元化はよいのじゃ。あれは医者であるゆえ」

「今まで奥方さまのお体を診ておられたのは、元化先生でいらっしゃったのですね?」

「さよう。もともとは殿のお付きの医者じゃが、今はわたくしの医者である」

「承知しました。後ほど元化先生のお見立てもおうかがいしとう存じます」

元化はうなずき、真澄を促すようにひらひらと手を振った。

真澄は於富の首筋に触れた。瘤《こぶ》が一つある。津液が固着したものだ。軽く押さえてみたが、揉《も》み解《ほぐ》して散ずる類いではない。乳巌に係る症状である。

於富の内着をはだけると、病は一目瞭然だった。左の乳が歪《いびつ》な形を呈している。指で押した痕のような窪みがあり、ごつごつと盛り上がった箇所がある。乳首は黒ずんで腫れ、乳汁のようなものをにじませている。

痛みの有無をもう一度確かめてから、真澄は於富の乳に触れた。皮一枚を隔てて、歪な形の大きな石が一つ。乳首から染み出す汁は、膿んだ匂いがする。

真澄の胃の腑が重たく冷えた。これほど重い乳巌は、じかに見たことも触れたこともない。書物で知っているだけだ。

於富はくすくすと笑った。

「真澄の手は優しい。張って重たい乳が少し楽になるようじゃ」

「おつらいですね」

「いや、この年にもなれば差し支えない。我が子に乳を含ませることなど、二度とあるまいしのう。昔は、殿もよくわたくしの乳にむしゃぶりついておられたが」

於富はゆるゆると首を左右に振った。真澄は言葉を探した。うまいなぐさめ方はわからなかった。

「奥方さまには、お優しい若さまが付いておられます。御無理をなさらず、滋養のあるものを召し上がって、お加減のよいときには庭のお花を御覧になったりなどもなさってください」

於富は途端に目を輝かせ、真澄の両手を握った。

「そうじゃ、庭の花じゃ。あの子は今、わたくしのために庭を整え直しておる。春に咲く花を植え、新しい庵《いおり》を編み、池の泥をさらい、小さな山さえこしらえておるのじゃと。花見の頃には手入れをすべて終わらせると言うておった」

「では、春が楽しみですね。奥方さま、脈を按じてよろしゅうございますか?」

こっくりと、於富はうなずいた。しかし、於富は真澄の手を離さない。これでは診療ができない。

「奥方さま? お手を、ちょっと、よろしいでしょうか?」

真澄は於富の目をのぞき込んだ。

唐突に、於富は窓を見やった。窓はきっちりと閉め切られている。於富は、うふふ、と少女めいた笑い声を立てた。

「真澄や、香炉《こうろ》峰《ほう》の雪はどのような様子じゃ?」

不意打ちである。真澄は困惑した。

「雪、でございますか?」

「香炉峰の雪じゃ」

「奥方さま、今はまだ秋で、雪の降る季節ではございませんよ」

於富は小首をかしげた。

「真澄は白楽天《はくらくてん》を知らぬかえ？」

「白楽天？　唐の国の詩人の、白楽天でございますか？　確か一千年ほど昔の」

「そう。白楽天の有名な詩があろう。日高く睡《ねむ》り足りて猶《なお》起くるに慵《ものう》し、小閣に衾《きん》を重ねて寒さを怕《おそ》れず——と始まる冬景色の詩じゃ。今の季節にふさわしかろう」

「今の季節ですって？　いえ、奥方さま、今はまだ秋で……」

「有名な『枕草子』の一節じゃ。清少《せいしょうな》納言《ごん》が中宮定子《ていし》にこの謎かけを出された。香炉峰の雪は如何《いかん》、と。香炉峰の雪は簾《すだれ》を掲げて見るものじゃ。この部屋にも簾を掛けておかねばな」

　真澄の胸中で心臓がせわしく走っていた。こんな症状は予測できなかった。於富の頭の中で病邪が暴れ狂っているのか。

　はしゃいだ於富の声はむろん室外まで届いている。襖越しに、寿々之介が於富を諫《いさ》めた。

「母上、そろそろ真澄をこちらへ。真澄がお気に召したのなら、また後ほど、茶や薬をお持ちする際に真澄も一緒に参らせます」

　於富はころころと笑った。

「ああ、叱られてしもうた」

「叱ってはおりませぬ。お疲れではないかと案じておるのです。母上、いったんお休みください」

於富は上機嫌で、素直だった。あどけない娘のように八重歯と笑窪をさらし、痩せた体を震わせて笑っている。

「寿々之介は厳しいのう。仕方がない。真澄や、またおいで」

真澄はこうべを垂れた。

「ありがとう存じます。奥方さま、くれぐれも体を冷やさぬようにして、ゆっくりとお休みくださいませ」

辞去の口実ができて、ほっとしてしまった。そんな己の胸中を、真澄は疎ましく思った。


日島藩、という藩の名を、清太郎は聞いたことがなかった。彦馬に目顔で問う。彦馬は、浮かしかけた腰を下ろした。

「肥前国の日島藩、ですか?」

「九州の西に浮かぶ島じゃ。石高は一万五千石ほどと少ないが、その実、極めて特殊な藩でな」

良朴は、よいしょと立ち上がると、鏡台に置かれた小さな壺《つぼ》を取ってきた。ほっそりとした形の磁器の壺である。空色の地に、色とりどりの胡蝶《こちょう》が舞い、縁には金箔《きんぱく》が施されている。

　彦馬は腕組みをした。

「唐物ですね」

「さよう。藤代どのはお目が高い」

「焼き物の値打ちは知りませんよ。ただ、清国の品物はそう簡単に手に入るものではない。思いも掛けぬところで目にした折には気に留めておけと、父に教え込まれました」

「なるほど。こんなものが医者の妾の家なんぞに置かれているのは、怪しいか」

「ええ。引っ掛かりました」

　清太郎は壺をのぞき込んだ。甘く香ばしい匂いが鼻孔をくすぐった。

「この匂い、椿油だな。上等なやつだ。実をすり潰《つぶ》して油を搾る前に、殻ごと炒る。そうすると、いい香りが出るんだ」

「清さん、詳しいな」

「そりゃあ、髪に付ける油にはこだわっているからな。固練りの松脂《まつやに》がひどく臭いやつは論外だし、麝香《じゃこう》の匂いがきつすぎるのも駄目だ。それで、いっそ匂いの少ない水油にしてみないかと、椿油を勧められたことがある」

良朴は清太郎の掌の上に瓶中の油をたらりと落とした。琥珀色《こはくいろ》に澄んでいる。掌にのばすと、しっとりとして肌に馴染《なじ》んだ。塗ったところに温《ぬく》もりが広がる。

「瓜生どのの言うとおり、椿油じゃ。しかも、日島藩の産するこれは一級品。髪だけでなく肌にもよい。大名や大旗本の正室に、吉原の花魁《おいらん》、歌舞伎の売れっ子女形も、こぞってこれを求めおる」

「そんなに値打ちものなんですか?」

「買えば高いぞ。しかも、日島藩が誇るのは椿油だけではない。暖かな気候ゆえ、砂糖、香木、薬種、鼈甲《べっこう》、珊瑚《さんご》と、種々の珍品を産し得るという」

彦馬は眉をひそめた。

「景気のよい話ですね」

「富の陰には不穏な噂もござるよ」

「抜け荷ですか。長崎では清国、薩摩《さつま》では琉球や台湾と、不正な貿易がおこなわれているという噂は絶えませんが、日島藩も?」

「清国や南洋と通じておるはずじゃ。さもなくば、この唐物の瓶《びん》は手に入らぬ。阿片に鼈甲、砂糖、香木もな。一万五千石の小さな島ですべてを産し切れるものではない」

「そして、良朴先生は抜け荷による品を、それとわかっていながら受け取られたわけですか」

彦馬の追及に、良朴はうなずいた。

「取引に長《た》けた連中よ。妾に贈る化粧品や装飾品のみならず、江戸ではめったに手に入らぬ唐物の薬種や医書、さらにはエゲレス渡来の書物という餌《えさ》まで目の前にぶら下げられては勝てなんだ」

清太郎は、ばんと畳を打った。

「そんなの間違っている。許されることじゃあないでしょう」

「さよう、その青臭い大義名分を肝に銘じ、儂も初めからきゃつらを拒んでおればよかった」

「青臭い？　馬鹿にしてるんですか？」

良朴は、気色《けしき》ばむ清太郎のまなざしを間近に正面から受け止めた。にいと笑うと、すり減った歯が剝き出しになった。

「きょうだいよのう。姿かたちは、血のつながりがあると信じがたいほどに似ておらぬが、気性はそっくりじゃ。青臭くて正しい。それゆえ、危ういがのう」

「あなたに心配される筋合いはない。さっきから聞いていれば、何なんだ。あなたが欲に目をくらませて道に惑わなければ、姉上がとばっちりを食うこともなかったんだろう？」

「さよう。しかし、既にこうなってしもうた。覆水は盆に返らぬ」

「開き直るのか？　そんな薄ら笑いなんか浮かべて」

良朴は、肺腑の底を引きつらせるように、ひくひくと笑った。

「薄ら笑いか。すまぬのう。悪気はないのじゃが、痩せさらばえた不細工な年寄りが笑うてみせても、やましい態度に見えるだけとな」

清太郎は、かっとした。腹の中で獣が吠えた。熱に突き動かされる。手が勝手に動いた。清太郎は良朴につかみ掛かろうとした。

いきなり横合いから腕を取られた。

ぐるんと景色が回転する。畳に叩き付けられた。痛めた脇腹をしたたかに打ち、清太郎は悶絶した。彦馬に投げられたのだ。関節を封じられて動けない。

彦馬の溜息《ためいき》が降ってきた。

「清さんが突っ走るおかげで、俺は冷静でいられるな。しかし清さん、さすがに今のはないぞ。ちょっと黙って、頭を冷やせ」

彦馬に押さえられたまま、清太郎は首を捻《ひね》って良朴を見上げた。

良朴は力なく笑った。

「さて、何から話すべきか。始まりは晩春か、初夏の頃じゃ。さる料亭へ定期の往診に詣でた際、そこで出会った。見目麗しく聡明な若者であった。どこぞの大旗本の若君じゃろうと思われたが、名乗らなんだ」

「その若者が日島藩ゆかりの若君であったと？」

「儂はそう推測するに至った。薬種に阿片、漢籍の医書、清国を経由して手に入れたであろうアンゲリア語の本、唐物の壺、椿油、そして若君の従者の使う異様な剣術。これらの条件を揃え得る者が、この江戸にどれだけおるじゃろう？」

「なるほど。そのとき、若君とは何をお話しになったのです？」

「若君は医学に興味を示し、儂を師として講義を求め、楽しませてもらった礼じゃと言って褒美を約束した。数日後、診療所を訪ねてきた。褒美と称した、薬種と難題を携えてな」

「そして、通仙散を作れと命じられた？」

良朴はまだ、乾いた笑いを顔に貼り付けていた。

「なぜ、できると答えてしもうたのやら。美しく裕福な若君を前に、天狗《てんぐ》になったかのう。人助けのためと懇願され、儂にしかできぬ仕事と思い込み、熱に浮かされたような心地じゃった」

彦馬は清太郎を起こしてやりながら、淡々と言った。

「罪を犯す者のうち、少なからぬ人数が、良朴先生と同様のことを口にしますよ。あのときはどうかしていた、なぜやってしまったのか、とね」

清太郎は肩をさすった。彦馬に押さえられていたところが、びりびりと痺れている。ほっそりして見えるし、清太郎ほど上背もないくせに、彦馬は力が強い。清太郎は良朴の前に頭を下げた。

「良朴先生、さっきは失礼なことを言いました。申し訳ありません。でも、腹が立ったんです。俺は今、姉上のことしか頭になくて」

「構わぬ。瓜生どのの物事の考え方、感じ方こそ正当であろうよ。さて、藤代どの、儂はお縄かのう？」

「いえ。俺に良朴先生を拘束する理由は、今はありませんよ。良朴先生が烏頭を扱うところを見たわけでもないし、そもそも公《おおやけ》には、烏頭の件は既に揉み消されています。舶来品の授受の件も証がありません」

秋風が吹き込んできた。清太郎は肌寒さを覚えた。汗もすっかり引いている。治療のために着崩していたが、袖を通して襟を整えた。

「彦馬さん、日島藩の藩邸はどこなんだろう？　どうにかして中に入る方法はないか？」

「考えがないわけじゃない。ただ、ひとまず八丁堀に戻って手立てを練るほうがいいな。良朴先生はうちで匿《かくま》おう」

清太郎は首肯《しゅこう》して立ち上がった。唐突に、喉がからからで腹が減っていることに気が付いた。

「母に気に入られたな、女医どの」

於富の寝室を辞した真澄に、寿々之介は言った。真澄はこうべを垂れた。

「光栄でございます。ですが、十分にお体を診ることができませんでした」

「脈診や望診は、母が眠っているときにもできよう。元化の指示を受けた女中らは、いつもそうしている」

さようですね、と応じる真澄の言葉をさえぎって、寿々之介は目を細めた。鋭く見やる先に、於富付きの女中らが座して控えている。その奥に護衛の男が仁王像のように立っていた。

「こちらへ来い」

寿々之介は真澄を伴って、於富の寝室を離れた。

角を二つ折れ、小さな庭の見えるところで、寿々之介は足を止めた。金木犀が咲き、甘く爽やかな香りが漂っている。

寿々之介は深呼吸をした。眉間に皺が寄っている。顔色が紙のように白い。

「若さま、お加減がお悪いのでは？」

「頭痛がして息苦しい」

「ほかにおつらいところは？　脈を取りましょうか？」

「いらん。さわるな。ただの心労だ。重病の母のもとへ参って、気分のよくなる者もおるまい」

「さようですね。奥方さまのお部屋は香の焚き方がいくらかきついように感じられましたし、そのせいもありましょう」

真澄も寿々之介と同じだった。頭痛と息苦しさがあり、気分がひどく塞《ふさ》いでいる。

寿々之介がぽつりと言った。

「気を張ってしまった。母の寝所に入るのは初めてだ」

「日頃、お見舞いに行かれることはないのですか？」

「元化に止められるのだ。眠っておいでだからと。少し前までは、母の好きな茶室で話をしていた。この頃は、私が茶室で待っていても、待ちぼうけばかりだ」

「御心痛、お察しいたします」

「藁《わら》にもすがる思いで、さまざまな医者に手立てを問うている。女医どの、体を切ることなく乳巌を治す方法を知らぬか？」

真澄は寿々之介を見つめ、かぶりを振った。

「存じません。おそらく、今、この世にある本道の医術では不治でしょう」

「不治……」

「五行の調和によって体を健やかに保つことが、漢方医学の教えです。この教えを体系立てて極めたものが、本道と呼ばれる医術です。石のできるまでに病んだ体をもとの調和に戻す方法は、ございません」

寿々之介はきつく唇を噛んだ。眉間に皺が寄り、伏せられたまつげが目に影を落とした。寿々之介は声を絞り出した。

「知っている。私も学んだ」

「医学を知れば知るほど、己の無力を痛感いたします」

寿々之介は真澄に顔を寄せた。清涼な薄荷の香りが真澄に触れた。

「母をどう思う？　母の人柄のことを、そなたはどう見た？」

日の光を映し込む寿々之介の目は、色が薄い。琥珀色に透き通っている。肌の色もまた白く、髪の色も漆黒ではない。寿々之介の美しさは、どこか儚《はかな》く、どこか浮世離れしている。

真澄は目を伏せた。

「奥方さまは無邪気なおかたですね。御自身の病の重さをどこまでわかっておられるのか、そういった危うさも感じました」

「本来、母はあんなふうではなかった。聡明で慈悲深く、自制心の強い人だった」

「お変わりになったのですか」

「変わった。急激に変わってしまった。幼い子供のようだ。気に入らぬ相手を近付けると、癇癪《かんしゃく》を起こすこともある。そなたが気に入られたのは重畳《ちょうじょう》だ」

「急激にとおっしゃるのは？　いつ頃からお変わりになったのでしょう？」

「この半年ほどだろうか。元化が国許から戻って、同時期に母をこちらの屋敷へ呼び寄せた。その頃からだ。母がどんどん変わっていく。なぜだ？　乳巌を病めば、あのようになってしまうのか？」

乳巌はわからぬところが極めて多い。症例の記録が不足しているのだ。古来、医書に説かれる女の病といえば、妊娠と出産、血の道に関する項目ばかりである。

真澄は首を左右に振った。

「若さまの御期待に沿う答えは、今すぐには出せません。同じ病を得ても、症状の現れ方は人それぞれです。しばらく経過を見てみないことには何とも申せません」

「そなたは慎重だな。名医と評判の男どもは、もっと調子のいいことを申したぞ。九月十五日までに薬を作ってみせる、秋の終わりには手術を成功させてみせる、とな」

「その男どもとは……」

寿々之介は、微笑むのとは違うやり方で目を細めた。

「気に留めずともよい。そなたは母の体を診ることにだけ意を向けろ。不甲斐《ふがい》ない態度を示すなら、厚遇などしてやれぬ」

真澄は、金色に光る寿々之介の双眸《そうぼう》を見つめ返した。

「心得ております。では、奥方さまのことについて、いくつかお教えくださいませ」

「治療に必要なことか？」

「はい。病は、表に現れる症状ばかりに注目しても、正しく理解できるものではありませんから。患者さまのこれまでの暮らしぶりやお人柄を知らねば、よりよい治療はできません」

「わかった。申せ」

「奥方さまのお年はおいくつなのでしょう？」

「確か三十二だ」

「それは、ひどくお若いのでは？　若さまの御年齢は二十ほどでしょう？」

「二十一だ。母は、私の産みの母ではない。私を産んだ女は国許にいる。藩主の遠縁に当たる家柄で、藩主の側室だ」

産みの母の素性を、寿々之介は吐き捨てた。

「奥方さまは先ほど、お子を産まれたことがあるようにおっしゃっていましたが、これは事実ですか？」

「事実だ。だが、乳飲み子のうちに死んだ。生きていれば、十五か十六になるはずだ」

「そのときに奥方さま御自身がお体を壊されたりはなさいませんでしたか？」

「そんな話は聞いていない。もともと体が丈夫なたちだったらしい。ただ、夭折《ようせつ》した長子の後には、子ができなかったというが」

「それで若さまが御養子になられたのですか」

「ああ。だが、私の生まれの話など、母の治療には関係あるまい。余計なことを訊《き》くな」

寿々之介は両の拳を握り締めた。関節が白く浮き出るほど、力が込められる。

「御無礼を申し上げました。しかし、わたしは若さまが少しうらやましゅうございます。これほどまでひたむきに、母君とお慕いできるかたがいらっしゃるなんて」

ちらりと真澄を睨《にら》んだ寿々之介は、まぶたを閉じ、息をついた。

「国許から江戸へ呼び出され、藩主の世子として松園道孝《みちたか》という名を与えられたのは、十四の頃だ。重すぎる身分と名と、新しい暮らし。初めは何もかもを憎んでいた。それを母が変えてくれた」

寿々之介は拳をほどいた。爪を突き立てた真っ赤な痕がいくつも並んでいる。寿々之介は、また拳を握り、力を込めた。

真澄は諌めた。

「お手をお緩めください。爪が皮膚を傷付け、血が流れ、傷口が膿んだりなどすれば一大事です。膿んだ傷は、きれいなものではありませんよ」

「うるさい」

はいと返事をするように、寿々之介は悪態をついた。両手は指先まで、だらりと垂らされた。

寿々之介が顔を上げた。視線が真澄の背後をとらえている。真澄は振り向いた。

禿頭に黒い十徳《じっとく》を羽織った男が、ひっそりと歩いてくる。元化である。その背後に、先ほど廊下に控えていた仁王像のような男が付き従っている。

「立ち話でございますか、若さま。お体が冷えますぞ」

寿々之介は、ぷいとそっぽを向いた。

「これしきのことで体を冷やすような子供ではない。余計な世話を焼くな」

「さようで。失礼いたしました」

「母は？」

「お休みになられると。女中らに任せてまいりました。お熱もなく、取り立てておかしな脈もなく、すぐに寝入られましたよ。本日はじきに日も傾いてまいりますし、お見舞いはお控えください。女医どのも、よろしいか？」

元化は朗々と淀みなく説いた。じぃっと相手を見据える目は微笑んだ形をしていても、眼光がひどく強い。

「承知いたしました。診療の続きは、また明日におこないます。元化先生にも御同席いただけますか？」

「むろんだ。薬種なり医書なり、必要なものがあれば申し出なさい。吾輩《わがはい》の診療所には何でも揃っておる」

寿々之介は、真澄と元化に背を向けた。

「後はそなたらのよいようにしろ。私は館に帰る」

真澄は驚いて声を掛けた。

「若さまお一人で、ですか？」

「一人だ。蘭蔵は外に出ておるゆえ。それがどうした？」

「ほかに護衛をお付けにはならないのですか？」

「いらぬ。己の身は己で守る。私より剣を使えるのは、蘭蔵と、そこに控えておる奉《ほう》先《せん》くらいのものだ」

「しかし、お家柄としては体裁もございましょう？　若さまのお立場にふさわしい振る舞いというものがあるかと存じます」

既にすたすたと遠ざかっていた寿々之介は、足を止めて振り向いた。眉間に不機嫌そうな皺が寄っている。

「男のような身なりをして髷も結わぬそなたが、体裁だ何だと口うるさいことを申すな」

寿々之介は捨て台詞《ぜりふ》を残して、足を速めて去っていった。その背中を見送った元化が、声を立てずに笑った。

「困ったお人だと思うか、女医どの？」

「何だか、はらはらしてしまいます」

「若さまは殿とよく似た御気性でいらっしゃる。殿もお一人でどこへでも行ってしまわれるのだ」

真澄は元化を見上げ、その背後の奉先にも目礼した。

「元化先生はもともと藩主さま付きの医者であられたのですよね。そちらの、奉先さまとおっしゃるかたは？」

答えたのは元化である。

「この者は私の従者であり、助手であり、護衛である。腕が立つ男だ。黙っておると、目立たぬがな」

「いえ、目立たないだなんて。お体はさほど大きくないのに、静かな武威といいましょうか、他を圧倒する何かをお持ちのように感じました。佇まいが仁王像に似ていらっしゃいません？」

元化と奉先は同時に破顔した。二人とも四十といったところだ。若くはないが、老いとは程遠い。元化は医術、奉先は剣術において、気と技とが円熟し充実している。それが立ち居振る舞いにもにじみ出ている。

真澄は、奉先が風変わりな剣を差していることに気が付いた。短く幅広な剣である。反りがない形をしている。しかも、ただ一本だけだ。

奉先が真澄の視線を察した。

「女医どのも武家であられるか？　剣を見る目がなかなかに鋭いが」

「城下の御家人でございます。お腰の刀が、見たことのない形ですので、つい目を惹《ひ》かれてしまいました」

「我が藩には独自の剣術があるのだ。古来、海を隔てた向こう側と交わりがあったゆえに」

「海？　西の海でしょうか、南の海でしょうか？」

奉先は問いに答えず、にいっと笑った。

真澄は、西か、と推し量った。この一連の騒動に阿片が現れたとき、清国とのつながりを感じ取った。清国は日本の西にある。寿々之介たちが国許と呼ぶ場所は、九州の西側に位置するのではないか。

ふと、軽やかに駆ける足音が近付いてきた。そちらを向けば、十六、七の娘がやって来るところだ。娘は真澄を見付け、ぱっと明るい顔をした。

「遅くなっちまってごめんなさい！　真澄先生ですね？」

「ええ」

「あたし、千花といいます。真澄先生のお手伝いをさせていただきます。お迎えに上がりました。よろしくお願いします」

お千花はぺこりと頭を下げた。日に焼けて浅黒い肌に、すっきりとした目鼻立ちである。八重歯ののぞく笑顔が愛くるしい。

いったん面を上げたお千花は、きゃっと小さく叫んで廊下に平伏した。元化と奉先がいることに、今さら気付いたらしい。

元化は、ひらりと手を振った。

「よいよい。そうかしこまるな。吾輩らはもう立ち去る」

「はい。礼儀がなってなくて、本当にすみません！」

「肩の力を抜くがよい。参ろう、奉先。それでは女医どの、また」

立ち去る元化と奉先の後ろ姿に、真澄は頭を下げた。二人が廊下の角を曲がると、お千花はぴょんと弾んで腰を伸ばした。

「ああ、びっくりした。えらい人と出会うと、どうしていいかわかんなくなっちまう」

お千花は、ちろりと舌を出してみせた。真澄はつられて笑った。お千花の立ち居振る舞いは、武家のものではない。ちゃきちゃきとした町娘である。

「じゃ、真澄先生、お部屋に御案内しますね。真澄先生の薬箱はもう、部屋に運んでおきました。木彫りのお花がきれいですね」

「ありがとう。幼馴染が彫ってくれたの」

「あんなきれいな薬箱、初めて見ました。あたし、つい三月前まで、医者をしてるお父っつぁんの手伝いをしてたんですよ。貧乏な町医者ですけど、頼りにしてくれる患者さんが多いから、親子揃って牛込じゅうを走り回ったりして」

真澄の直感に、ぱちんと弾《はじ》けるものがあった。

「お千花さん、あなたのお父さまのお名前は何とおっしゃるの？」

「そんな丁寧《ていねい》な訊き方しないでくださいよ。あたしのお父っつぁんなんて、立派なもんでもないんですから。荒木西洞と名乗ってます。柳町の与兵衛長屋で診療所を開いているんです」

真澄は嘆息を呑み込んだ。直感が告げたとおりだった。烏頭で毒死した西洞は娘と二人暮らしだったと、彦馬が言っていた。その娘というのがお千花なのだ。

歩みの鈍った真澄を、お千花が気遣った。

「真澄先生、お疲れなんですか？」

「そうではないの。ちょっと思い出したことがあっただけ」

真澄は笑顔を取り繕った。

びゅうっと遠くで風が唸るのが聞こえた。空はよく晴れている。日当たりのよい廊下はぬくぬくとしていた。

「小春日和《びより》ですね」

お千花は秋晴れの似合う顔で笑っている。

「ええ。気持ちのよい天気だわ」

また、びゅうっと、空の高いところで風が唸る音がした。

四　椿、燃ゆ

天秤棒が肩に食い込んでいる。野菜をしこたま盛った籠《かご》が重い。用心しなければ籠はぐらぐらと揺れ、野菜がこぼれ落ちてしまう。

清太郎は歯を食い縛った。

棒手振りの野菜売りの真似事をしている。肩も背中も腰も脚も、左右でちぐはぐな動かし方をするからつらい。だが、逆の肩に天秤棒を担ぎ直したくても、そちらには昨日負った傷がある。

清太郎は背中を丸め、膝を曲げて歩いた。ほっかむりをして額《ひたい》まで隠し、うつむいて地面ばかり見ている。ここに至るまでの間、顔を上げるたび、彦馬にしかめっ面《つら》をされた。

「駄目だ、背筋を伸ばすな。清さんの顔は目立ちすぎる」

その点、彦馬は変装が板に付いていた。ぺこぺこと腰を低くして、愛想よく揉み手をしている。口を開けば見事な巻き舌のべらんめえだ。声を甲高《かんだか》くしてしゃべるから、普段の彦馬とはまるで別人だった。

客は武士だ。日島藩邸の中屋敷に住む下級藩士である。国許から江戸へ出てきた藩士は、藩邸内の長屋で暮らすものだ。家族は国許に置いてくるため、男所帯の長屋では皆、慣れない自炊に挑むことになる。

清太郎と彦馬は、藩邸の出入りの行商に化け、まんまと日島藩邸に潜入した。真澄を探して駆けずり回った、その翌日のことだ。

若い藩士が大根を手に、彦馬を呼んだ。

「どうやって料理すればよいだろう？　長屋では伯父と共に暮らしておるのだが、伯父の従者が体を壊してな。しばらくは私が料理をせねばならぬのだ」

しゃちほこ張った言葉には、聞き慣れない訛《なま》りがあった。難しげに寄せられた眉は太く、目がくっきりと大きく、肌は浅黒い。日島藩士はたいてい、そうした顔かたちをしている。

彦馬はにこやかに答えた。

「大根ですか。煮物なんかにしてやると、体があったまっていいですよねえ」

「だが、煮物は難しい。さんざんな味にしてしまったり、先日は芋《いも》の煮っ転がしを焦がして、鍋ごと駄目にしてしまった」

「へえ、旦那は料理が苦手ですかい。じゃあ、ふろふき大根はどうでしょう？　大根は皮を剝いて輪切りにして、昆布の出汁《だし》でことこと煮るだけですよ。あとは味噌を載っけりゃあ、立派な一品になりまさあ」

「なるほど。それは簡単そうだ。ところで、牛蒡《ごぼう》はどう扱えばよい？」

「牛蒡は土をくっ付けたまんま、土間なんかの、日の当たらねえところに、細いほうを下にして立てかけておいてくだせえ。土に埋めておいてもいい。そうやってりゃあずいぶん持ちますから、旦那の料理が上手になった頃、きんぴらにでもしておくんなせえ」

彦馬も料理ができるわけではない。銭を握らせて今日一日だけすり替わった本物の棒手振りから、ざっと一通り商品の説明を聞いた。その程度の準備だったのに、完璧に化けている。

大根と牛蒡を手にした藩士は、よほど彦馬を気に入ったようだ。買い物を終えても、長話を続けている。彦馬も愛想笑いで応じていた。

「しかし、藩邸のお屋敷は、やっぱりおさむらいばっかりなんですかい？　この長屋にゃあ、御婦人がたはいらっしゃらねえんで？　いやね、さっきちらっと、女の医者が召し抱えられたとか何とか、聞こえた気がしたもんで」

彦馬は鎌を掛けたのだ、と清太郎にはわかる。藩士はむろん、彦馬の意図など察しようはずもない。

「女の医者か？　それは知らぬが、あり得ぬ話ではなかろうな」

「何と。本当ですかい？」

「ああ。庭園のそばに御正室さまのお住まいがあって、あそこにはおなごしかおらぬという話だ。塀で囲まれておるゆえ、中の様子は、はっきりとはわからぬのだが」

「へえ、おなごしかいない館ですか。そいつはまた」

「気になるだろう。何かと理由を付けて近付く者も、やはりおる。生垣の隙間から女中部屋が見えるとか、造園の工事に加われば中がのぞけるとか」

彦馬の目が光った。

「庭を造っていなさるんで？」

「大掛かりな工事をしておる。江戸はもちろん、多摩や川越からも大勢の人足を掻き集めてきて、池を掘ったり山をこしらえたりとな。御世子さまが御正室さまのために、春が来る前に庭を整えたいのだそうだ」

「そいつはどえらい孝行息子だ。大勢の人足を掻き集めて、ねえ」

別の藩士が野菜売りを呼んだ。彦馬は、話し相手だった若い藩士にぺこぺこして、清太郎に合図した。

「行くぞ」

清太郎はうなずき、彦馬の後ろに付いて歩いた。

藩邸の中は、さながら一つの町だった。下級藩士が住まう長屋は、藩邸の塀を成すように、通りに面してぐるりと建てられている。位の高い藩士の住まいはまた別の区画、塀の向こうにあるようだ。庭園も塀に囲まれ、門に見張りが立っている。

大小を差した客たちが野菜の検分をしている隙に、彦馬は清太郎に耳打ちした。

「正室の館というのは、おそらくあれだ。庭園と同じ区画の中にあって、この付近からのぞけそうな建物。後で、なるだけ近寄ってみよう」

「近寄るだけか？　どうにかして中に入るのは」

「できない。ここは江戸とは違う国だと思ったほうがいい。俺たちの法は通用しない。刀も持たずに来た今、何ができる？」

清太郎は奥歯を噛み締めた。

彦馬は客に呼ばれ、鋭い眼光を愛想笑いで覆い隠した。見慣れぬ顔だなと言われ、ちょいと今日だけ代わるよう頼まれたんですよと返す。

豆腐や魚、納豆、味噌に醤油と、あれこれを扱う商人が入れ代わり立ち代わり、行き交っている。あるいは肥を汲《く》み取りに来た百姓がおり、あるいは飼い葉を届けに来た百姓がいる。

野菜の籠は、やがてすっかり空になった。昼餉の汁を温める匂いがそこかしこから漂い出す時分である。

彦馬はまたいつの間にか、話し好きな藩士をつかまえていた。顔ににきびのある若い男だ。おなごばかりの館の話を持ち出すと、藩士は食い付いた。

「そうなのだ、のぞけるのだよ。生垣の葉がすっかり落ちて、隙間ができたところがあってな。ちょうど女中部屋のところだ」

「隙間からのぞけるってえのが、何ともそそりますねえ」

「この助平め、わかっておるではないか」

「わかっておりますとも。さあ御覧くださいって盛大にやられるより、ちらっとね。そういうのが、おつってもんでしょう」

にきび顔の藩士はにやりとすると、彦馬と、ついでに清太郎を手招きした。

「こちらだ。棒と籠は置いて、付いてこい」

「へい、旦那」

彦馬はへらへらと軽薄そうに笑った。藩士は彦馬の本性も知らずに、武家のおなごはこういうものだと熱弁を振るっている。

生垣の切れ目は確かにあった。二間《にけん》長屋のような一棟がすぐそこに見える。

だが、戸も窓もきっちりと閉め切られていた。藩士はしきりに残念がった。

「あれが開いていれば、若いおなごの姿が拝めるのだ。御正室の女中とあって、なかなかのおなごが揃っておるのだが。ええい、一人くらい通り掛からぬものか？」

藩士は清太郎たちに背を向け、生垣のぎりぎりまで踏み込んでいる。

生垣の向こうに人影は一つもない。声だけが聞こえてくる。清太郎は、すがる思いで耳を澄ました。炊事に勤《いそ》しむ女たちの声の中から、真澄の声を探す。

彦馬は清太郎に顔を寄せた。

「真澄さんの声、聞こえるか？」

清太郎はかぶりを振った。彦馬は一つうなずくと、袂《たもと》に手を突っ込んだ。素早く取り出した拳を口元に添える。

ほう、ほけきょ。けきょ、けきょ。ほう、ほけきょ。

唐突に、うぐいすが鳴いた。清太郎は目を見張った。

ほう、ほけきょ。

うぐいすではない。彦馬の口元の拳から、うぐいすの鳴き声が聞こえる。拳の内側に笛を隠しているのだ。

生垣をのぞく藩士がきょろきょろし、振り向いた。

「江戸では、こんなに寒くなっても、うぐいすが鳴くのか？」

彦馬は抜け目のない笑みをこしらえた。

「いやあ、こいつぁ珍しいですよ。ずいぶんと季節外れでさあ」

「やはりそうか。何にせよ、鳥の声はよいものだな。胸がこう、はっとしたぞ」

「うぐいすの声に釣られて、御婦人がたが出てきやしませんかねえ」

「おぬしは風流というものを知らぬのか。この助平が」

「へい、面目ねえ」

「よいよい。男は正直が一番である」

藩士が大声で笑った。おかげで人目がこちらに集まる。

彦馬は首をすくめた。

「おっといけねえ、目立っちまった。旦那、あっしらはそろそろお暇《いとま》しますぜ」

ぺこりと一礼すると、彦馬は清太郎の腕をつかんで歩き出した。清太郎は館のほうを振り向いた。脚がもつれる。

「姉上……」

ぽつりとこぼした清太郎に、彦馬は鋭くささやいた。

「しゃべるな。顔を上げるな」

「だけど、彦馬さん」

「もし真澄さんがあそこにいるなら、うぐいすの声を聞いたはずだ。俺と清さんがここにたどり着いたことを、真澄さんは察するだろう。そうすれば……」

そのときである。

ほう、ほうほう、ほう。

不器用なうぐいすが鳴いた。彦馬が、雷に打たれたように体を震わせた。

「彦馬さん、どうした?」

「真澄さんだ」

「何だって?」

「俺が作った笛の音だ」

「じゃあ、今すぐ姉上のところに行こう」

彦馬は清太郎の腕をつかんだまま、再び歩き出した。

「駄目だ」

「どうしてだよ」

「武器がない。棒手振りの格好でうろうろし続けるのは無理がある」

清太郎は歯噛みをした。

「じゃあ、どうしろって?」

うぐいすの声がまた、出来損ないの歌を奏でた。

ほうほう、ほう。

彦馬は、咳払いをするような格好で、拳を口元に当てた。

ほう、ほけきょ。

彦馬は足を止めない。清太郎も歩かされる。彦馬は前を向いたきり、清太郎の腕を離さない。

下手《へた》くそなうぐいすの鳴き声が背後に遠ざかっていく。彦馬は人目をごまかしながら、うぐいすの声で応える。

「彦馬さん」

「何だ？」

「明日は姉上に会えるかな」

「弱気になるな。連れ戻すんだ」

空になった籠を棒に提げ、棒を肩に担いだ。彦馬はもう、うぐいすの笛を袂に収めてしまった。だが、清太郎の耳には、藩邸の門を出るまでずっと、真澄の吹くうぐいすの笛の音が聞こえ続けていた。


ほう、ほけきょ。

本物そっくりなうぐいすの笛の音は、だんだんと遠ざかっていく。真澄は、ほうほう、と笛を吹いた。

ほうほけきょ、ほうほう。ほうほけきょ、ほうほう。

呼び合う二つの音は、ついに、真澄の鳴らす拙いものだけになってしまった。真澄は笛を唇から離し、掌に握り締めた。

姿を見ることはできなかった。だが確かに、近くに彦馬がいた。その傍らには清太郎もいたに違いない。

ぱたぱたと軽やかな駆け足が近付いてくる。真澄は、しゃんと背筋を伸ばした。お千花が部屋の戸を開けた。

「真澄先生、そろそろ昼餉の支度ができますよ。お持ちしていいですか？」

「ありがとう。お願いね」

「はい！　そういえば、さっき、うぐいすが鳴いてましたね。こんな季節に珍しくないですか？」

真澄は掌を開いた。竹の笛に彫り込まれた小鳥と目が合った。小さな嘴《くちばし》を指先でなぞる。

「お千花さん、今、まわりに誰もいない？」

「いませんよ」

「戸を閉めて、ちょっとこちらへ。頼みがあるの」

お千花はきょとんとしながら、真澄の言葉に従った。真澄の前で正座をして、神妙そうに口をおちょぼにする。

真澄はお千花の手を取ると、うぐいすの笛を握らせた。お千花は目をしばたたいた。

「この笛は何なんですか？」

「さっきのうぐいすの声の正体よ。この笛をお千花さんに持っていてもらいたいの。これが頼みの一つ目」

「はい」

「近いうちにまた、うぐいすの鳴くのが聞こえるはず。もし聞こえたら、この笛を持って、うぐいすの声のするほうへ走ってちょうだい。そうすれば、これと同じ笛を持つ人たちに会えるから」

「うぐいすの声が合図なんですね。笛を持った人って、どんな人ですか？」

「わたしの弟と幼馴染よ。弟は背が高くて、はっきりした目鼻立ちをしている。役者のように、ぱっと人目を引くの。幼馴染も、そうね、端正な姿かたちの男前だわ。うぐいすの笛を吹いているのは幼馴染のほうよ」

「わかりました。お二人にお会いすればいいんですか？」

「ええ。会って、伝言をお願い。わたしは患者さまのおそばにいなければならない、だから今は帰ることができない、と」

　お千花はうなずいた。

「真澄先生は患者さまのお世話があるから今は帰れない、と伝えたらいいんですね。患者さまっていうのは、あたし、詳しいことは知らないんですけど、ここの奥方さまのことですか？」

「そうよ。御正室さま」

「重い病気なんですか？」

「ええ。わたしがお仕えできるのも、そう長くないかもしれない。だからこそ、きちんとおそばにいなければと思っている」

於富の症状が進み、本当に手の施しようがなくなったら、寿々之介は真澄をどう扱うだろうか。思い描いて、ぞっとする。真澄は袖の上から腕に爪を立てた。

お千花は大切そうに笛を袂にしまった。

「真澄先生、任せてください。必ず弟さんたちにお会いして、真澄先生の言葉を伝えますね。あたし、普段からお父っつぁんのお使いをしていたから、こういう仕事には慣れてるんですよ」

「頼もしいわ。それから、最後にもう一つ」

「はい、何でしょう？」

「お千花さん、もし弟たちがあなたを連れてここを出るようなら、素直にそれに従ってね。弟たちがどんな話をしても、ひとまず黙って呑み込んでもらいたいの。この屋敷を出るまでは、お願い」

お千花は、こっくりとうなずいた。

真澄は叫び出したいのを、すんでのところでこらえた。やるせなかった。娘の帰りを待つ父がもういないことを、お千花は知らない。

「じゃあ、これで話はおしまいよ」

真澄が告げると、お千花はぴょんと立ち上がった。

「お膳を運んできますから、ちょっと待っててくださいね」

お千花は、裾《すそ》をからげて飛んでいく。勢いよく閉められた戸が、ぴしゃんと弾んだ。

一人残されると、部屋は静かだった。掌には、うぐいすの笛を握り締めた痕が赤く残っている。

真澄はそっとさえずってみた。

「ほう、ほけきょ」

呼ばれても、ここから飛び立つわけにはいかなかった。真澄をここに留め置くには、鳥籠も鎖も必要ないのだ。

於富の歪な形の乳房。寿々之介の切実な琥珀色の瞳。

見捨てられるはずがない。真澄の母、文も病で死んだ。病み衰えていく母の姿を、真澄は覚えている。その記憶と共にある不安や悲しみも。

ふと気が付いた。

「二十六のときに亡くなったのだわ。今のわたしと同い年のときに」

文はどんどん痩せ細り、掻き消えるようにして死んでいった。血の道の病だった。

男の医者に女の病は扱いがたいと誰かが言ったのが、真澄の頭にこびり付いている。ならば女のわたしが医者になろうと、真澄は思ったのだ。

冷たい風と日差しが戸の隙間から忍び込んでくる。真澄は戸を閉め直そうとして、土間に下りた。

戸に手を伸ばしたときである。

いきなり、ひとりでに戸が開いた。思わず声を上げて飛びのくと、開けられた戸の向こう側で、同じく飛びのいた者がいる。

蘭蔵だった。目を真ん丸にしている。

真澄はどきどきする胸を押さえた。

「ああ、驚いた。今、いらしたのですか？」

蘭蔵はうなずいた。猫のように飛び上がった驚きっぷりから見ても、嘘《うそ》ではなかろう。お千花との話は聞かれていないはずだ。

「何かわたしに御用？」

「はい。あるじが、伝えよとおっしゃいました。奥方さまが真澄先生のお召し物を御用意なさったから、まず湯浴みをせよ。その後、奥方さまにお目通りして診察を。案内は、この蘭蔵が」

「わかりました。お昼をいただいてからでよろしいのでしょうか」

「はい。食べ終わるまで待ちます」

「あなたもこちらで召し上がりますか？」

蘭蔵はまた目を真ん丸にした。

「いえ、庭で待ちます」

言うが早いか、蘭蔵は、数間向こうの椿の陰へ引っ込んでしまった。その動きがあまりに素早いので、真澄はぽかんとした。

「本当に猫のような人」

蘭蔵は白い幹にもたれ、艶《つや》やかな濃緑の葉の下に隠れ、木漏れ日を浴びて目を閉じた。それがまた、居眠りをする猫のようだった。


真澄は戸惑った。

戸板のように大きな鏡の前に立たされている。女中たちの手によって着せ付けられたのは、あまりにも華美な振袖だった。

「これは、派手すぎるんじゃないかしら……」

薄紅色の絹地に真紅の曼殊沙華《まんじゆしやげ》が咲き乱れている。緻密な刺繍《ししゆう》である。光に透かせば、花の狭間《はざま》に、純白の糸が成す霞《かすみ》模様がうかがえる。帯がまた贅沢だった。金銀の糸をふんだんに織り込んだ錦の帯に、菊花が満開である。

最も年嵩《としかさ》の女中が満足げに応じた。

「よくお似合いです。ほら、髪もきれいに仕上がりましたよ」

髪から甘く香ばしい匂いがしている。たっぷり使った椿油の匂いだった。癖の強い髪は、おかげで艶やかにまとまっている。もみじと銀杏《いちょう》がきらきらと揺れる簪《かんざし》を挿して、髷の完成である。

化粧も万全だ。色づいたまぶたや潤んだ唇に、真澄は自分でも、どきりとした。

「弟にでも見られたら、さんざんからかわれてしまうわ」

「男兄弟は当てになりませんことよ、先生。まともな殿方でしたら、誉《ほ》めちぎるところです。さあさ、奥方さまのお館へお戻りくださいな。表に蘭蔵さまが迎えに来ておりますからね」

真澄は追い立てられるようにして外に出た。途端、冷たい風に巻かれ、体を縮める。振袖では脚がどうにもすうすうする。袴のほうがずっと温かい。

蘭蔵は音もなく物陰から現れた。真澄は落ち着かない気持ちで口元に手を触れた。

「派手でしょう？　わたしには似合わないわ」

蘭蔵はただ、小首をかしげた。手に真澄の薬箱を提げている。行き先を指差すと、蘭蔵は歩き出した。

真澄は、そっと溜息をついた。唇に触れた指先が、紅に染まっていた。

思いのほか、蘭蔵の歩き方は優しかった。ちらちらと横目で真澄の歩調を気にして、ゆっくり進んでくれる。

これが清太郎ならば、こうはいかない。勢いよく先に行ってしまう。真澄が呆れて呼んだら、慌てて戻ってきて、照れくさそうに頭を掻くのだ。

藩邸内は人通りも少なかった。往診で出歩くどことも違っている。塀や生垣に阻まれて見通しが利《き》かない。区画ごとに番所が設けられている。

世子付きの従者である蘭蔵だが、番所で求められると、素直に通行許可証を提示した。花押を改めた番人は飛び上がり、蘭蔵と真澄にぺこぺこした。

門を抜けたら、庭園が広がっていた。それまでとは打って変わって、こちらはにぎやかだ。

「工事をしているのでしたね。春の花が咲く頃に合わせて、お庭を完成させると」

はい、と蘭蔵の口が動いた。

大勢の人足が働いている。力仕事の呼吸を合わせて、野太い唄を歌っている。掘り返された土の湿った匂いがする。

「立派なお庭ね。こんなに広いお庭を見る機会は、わたしのような者にはなかなかありません」

「藩士も同じです。今の番所から先へは入れないから」

「奥方さまのお住まいは、あちらの生垣に囲まれたところでしょう？　その手前にある庵は、少し趣が違いますね」

「庵は元化先生の診療所です。そばにあるのは薬園です」

「広い薬園ね。日当たりがよさそう。もしよろしければ、わたし、少し見させていただきたいのだけれど」

「今からお連れします。あるじがそこでお待ちです」

「若さまが？　医学の知識がおありのようだったけれど、御自身で薬園にまで出向かれるのですか。薬草の管理も、若さまがなさっているの？」

蘭蔵はうなずき、小首をかしげ、付け加えた。

「あるじが選んだ薬草も植えてあります。土をさわるのや薬草を摘むのは、手前がやります」

「そうでしょうね。体が汚れることがお嫌いなようでしたし。程度の差はあるけれど、ああいうかたも案外いらっしゃいます。こだわりが強いとも言えるかしら。とても優秀なかたほど、そういった独特の癖をお持ちだったりするのです」

「あるじも優れておられます。でも偏屈です」

蘭蔵の率直さに、真澄は思わず噴き出した。振り向いた蘭蔵が、何か、と言わんばかりに目を丸くする。

「まるで本当の肉親のように、お互いを大切になさっているのね。家柄の差があるとはいえ、あなたたちふたりも、バディなんだわ」

「ばでぃ？」

「アンゲリア語よ。かけがえのない結び付きの二人、仲間同士という意味。わたしの弟と幼馴染が気に入って、よく使う言葉なの」

「畏れ多いです。でも確かに、若さまにとってバディと呼び得る者は、手前だけです」

「蘭蔵さんは、幼い頃から若さまにお仕えしていらしたのかしら。乳兄弟なのですか？」

「はい。手前が二つ上です。物心ついたときには、あるじをお守りしていました」

「まあ、そんなに幼い頃から」

真澄は思い描いて、くすっと笑った。幼子が勇ましく、木の枝を刀のように構える。幼子の後ろには、もっと小さな子供がうずくまり、目にいっぱいの涙をためているのだ。

「なぜ笑うのですか？」

「だって、微笑ましいと思ったから。不快だったかしら?」

蘭蔵はささやいた。

「怖くないのですか?」

「怖いというのは、あなたのこと? それとも、ここに囚《とら》われていること?」

「どちらも」

真澄は蘭蔵の目を見て微笑んだ。

「初めは怖かったし、それ以上に、気持ちが悪いとも思いました。女をさらってきて、意のままに操ろうだなんて。ですが、医者としての務めを引き受けることになったからには、もう怯えてなどいられません」

「では、手前のことは?」

「今お答えした言葉だけでは不足かしら。それとも、怖いと答えてほしいのですか?」

真澄も蘭蔵もいつしか歩みを止めていた。

「手前は愚かで、人と語るべきとき、ただ手と剣が動きます」

真澄は蘭蔵の右手を見た。烏頭の毒に苦しむ男を、迷いもなく救ってやった手である。駕籠で運ばれる真澄の喉を塞ぎ、かどわかした手でもある。

「そうかしら。まさに今、あなたは語ってくれているじゃないの。わたしには剣術のことはわかりません。でも、考えるより先に体が動くのは、一途《いちず》に稽古に励んでいるからではない？　誇ってよいことではないかしら」

蘭蔵の刀の柄には、握った痕の黒ずみがある。脇差など、指の痕がはっきりとわかるほどだ。

「生きるためでした。あるじを生かし、手前も生きるため。人を殺す方法も、人を脅す方法も、覚えました。幼い頃、誰からも習わずに。皆、敵でした」

蘭蔵はだらりと両腕を垂らしている。痩せぎすの体は、むしろ儚げだった。時折強く吹く秋風に、ふと掻き消されてしまいそうだ。

「人を殺したの？」

「はい」

「幼い頃に？」

「はい」

「そうしなければ、若さまの命をお守りできなかったの？　蘭蔵さん自身の命も？」

蘭蔵は小首をかしげ、じっと真澄を見つめている。漆黒の目は澄んでいた。

「迷いませんでした。手前は鬼でしょうか」

真澄の胸に起こったのは、恐怖ではなかった。かぶりを振る。簪の飾りが、ちりちりと小さな音を立てた。

「怖くないわよ。蘭蔵さん、わたしはあなたのことを怖いとは思わない」

「でも、手前は真澄先生にも危害を加えました」

「許します。もういいの。危害といっても、痣《あざ》ひとつ残っていないのよ。蘭蔵さん、ちゃんと気遣ってくれていたのではない？」

蘭蔵はうつむき、そのまま深く頭を下げた。

「申し訳ありません」

真澄は体を屈め、蘭蔵の顔をのぞき込んだ。蘭蔵のまなざしは乾いていた。まつげが震えていた。

「行きましょう。若さまがお待ちなのでしょう？」

「はい」

「顔を上げて」

蘭蔵は従順だった。しゃんと伸ばされた背中を、真澄は、とんと押してやった。蘭蔵はかすかに身を硬くし、それから歩き出した。


寿々之介は、薬園に設けられたあずまやにいた。美しい布の敷かれた縁台に腰掛け、読書をしていた。

真澄が声を掛けるまでもなかった。足音と気配を察したらしい寿々之介が、本から目を上げた。寿々之介は、ほう、と嘆息した。

「見違えたな、女医どの。ずいぶんましではないか」

「ましだなんて、からかわないでくださいませ」

「誉めたのだ」

「それでしたら光栄にございます。ですが、わたし、このように派手な色も長い袖も、もう似合う年頃ではありません」

「二十そこそこなら、まだ若作りも許されるだろう。似合っていれば問題あるまい」

「ですから、わたし、二十そこそこではありません。二十六の年増です」

寿々之介は素っ頓狂な声を上げ、蘭蔵はのけぞった。

「私より五つも上なのか？」

「はい」

「嘘だろう」

「嘘ではございません」

「見えぬ。まるで子供のように肉付きが薄くて目方も軽いと、蘭蔵も言うから」

「蘭蔵さん、そんなことを言ったの？」

飛び火を食らった蘭蔵が首をすくめた。

真澄は頬が熱くなった。若く見えるのは悪いことではないはずだが、どうも腹立たしい。

「若さまにおかれましては、もう少し、女を見る目を養われたほうがよろしいかと存じます」

「そなたの容姿が紛らわしいのが悪い。年齢相応に皺くらい作れ」

「ひどい言い掛かりではございませんか?」

「女も男も、目尻の笑い皺は色気の証だと、母が前に言っていたぞ。あっさり騙《だま》された。狐にでも化かされた気分だ」

「狐ですって? そもそも騙してなどおりませぬ。何てことをおっしゃるのですか」

寿々之介は、は、と息を吐き出した。笑ったようだ。

「しかし、これで腑に落ちた。道理で医学に詳しく、場慣れして、技にも長《た》けているわけだ。患者の面倒を見始めて、何年になる?」

「さあ、どの出来事を以《もっ》て最初と数えればよいでしょうか。腕を傷だらけにした十三、四の頃にはもう、医書の講読には加わっておりましたし、医者である父の診療の手伝いもしておりました」

寿々之介は、手にしていた本を丁寧に閉じた。書名から類推するに、中国の歴史の研究書である。司馬光《しばこう》が著した『資治通鑑《しじつがん》』にまつわる内容で、著者の名は漢人風だった。

「十三、四か。私がまだろくに文を読めなかった頃だな。訛りもひどく、教養のかけらもなく、知恵が遅れているのかと疑われたほどだった」

「まあ。それはたいへんな努力をなさったのですね」

「努力はしたが、苦労はしていない。私の教師役だった母は苦労しただろう」

「奥方さまが直々《じきじき》にお教えになった」

「ああ。母は本当に根気強かった。私が字を覚え、文をそらんじ、知識を身に付けるごとに喜んでくれた。私がどこまで伸びていけるのか楽しみだと言い、いつまでも見守ると約束してくれた」

風の軌跡を追うように、寿々之介は空を仰いだ。薄雲が細長く千切れて浮かんでいる。

寿々之介は掌を太陽にかざした。

「こうすれば血潮が赤く透けて見えると、母が言っていた。でも、あまりよくわからないな」

白い手は、武士の手だった。長い指には、刀を握るためにできたまめやたこがある。

「若さまのお手では、透けて見えないかもしれませんね。幼い子供ならば掌の肉が薄いので、うっすらと赤く見えますけれど」

「なんだ。そういうことか」

「いつか若さまにお子がお生まれになったら、思い出してお試しになってみてください」

その途端、寿々之介は、かざしていた手を打ち下ろした。縁台がぴしゃりと音を立てた。

「けがらわしいことを言うな」

「ですが、それは人として当然の営みでしょう。若さまだって、その営みの中にあってこの世にお生まれになったのです」

「やめろ。考えたくもない」

寿々之介は、血の気の引いた唇を噛み締めた。

真澄は怪訝《けげん》な思いをいだいた。寿々之介の潔癖は、いささか度が過ぎているのではないか。

「なぜそこまでお嫌いになるのですか？　何か理由がおありになるのでは？」

「理由など覚えておらぬ。国許での暮らしなど忘れた。子をなすという意味さえ知らぬうちから、私はけがらわしいことが嫌いだった。私を産んだ女も、育てた連中も、ひどくけがらわしかったから。私は、誰が父なのかさえわからない」

「若さまの父君は、藩主さまでしょう？」

寿々之介は肩で息をした。指先で己の側頭に触れる。

「そなたは、このような色の髪をした者をほかに知っているか？」

　寿々之介の髪は漆黒ではない。日の光に照らされれば、殊《こと》のほか、赤みを帯びていることが明らかになる。

「いいえ、存じません」

「この肌の色は？」

「めったにないほど色白でいらっしゃいますね」

「この目の色はどうだ？」

「不思議な風合いのお色だと思います。ですが、それが何なのです？」

　寿々之介は唇を嚙んだ。まつげが頰に影を落としている。寿々之介は忌々しげに吐き捨てた。

「藩主の庶子の中で、私が最も藩主に似ているのだ。この髪と目と肌の色が。だから世子に選ばれた。西海の只中に浮かぶ我が藩は古来、海上交通の要衝だった。南蛮人の血の混じった者も多くいる。その筆頭が藩主、松園家だ」

「藩主さまと似ておいでなら、若さまはやはり藩主さまの御子息なのではありませんか？」

「わかるものか。私を産んだ女だって、松園家の傍流だ。何かの弾みで先祖返りをした、南蛮人のように色の白い赤子が生まれても、何の不思議もない」

「可能性の話をしても埒《らち》が明きません。若さまをお産みになったのは藩主さまの御側室さまで、若さまのお姿は藩主さまに似ておられる。そして、若さまの母君は藩主の御正室さまです。それだけの証があっても、まだ不足なのですか？」

いやいやをするように首を振った寿々之介は、声を荒らげた。

「足りる足りないの問題ではない。憎みたいものばかりだ。私は何者なのだ？　母だって、あんなふうになって、私を取り残して、明日にも死んでしまうかもしれない。私を見守ると言ってくれたくせに、嘘つきだ」

憎しみを訴える寿々之介の憂い顔は美しかった。琥珀色のまなざしが透き通っている。

「奥さまが明日をも知れぬお命だなんて、悲観が過ぎます」

「だが、元化がそう言った。今のままでは、どのような薬を処方しようとも焼け石に水だと。病の根治を目指すには画期的な薬が必要だ、江戸の百万都市から名医を募れば、あるいは望みがあるかもしれぬと言った」

真澄は眉をひそめた。

「元化先生が若さまをそそのかしたのですか？」

「そそのかしただと？　聞き捨てならぬ言い草だな。何が言いたいのだ」

寿々之介の美貌に険が差した。不穏な沈黙が落ちる。

真澄の胸に、寿々之介と蘭蔵への同情がある。それは姉としての想いに近いかもしれない。もしも清太郎と彦馬がこの二人のように、と思い描くと、やるせない。

だが、だからこそ、うやむやにしてはいられないのだ。

「お尋ねしたいことがございます」

「言え」

「お千花さんのお父さまを殺《あや》めたのは、あなたがたですか？」

かさりと影が動いた。蘭蔵である。今まで音も気配もすっかりひそめていたのが、急に大きく身じろぎした。

寿々之介は動かなかった。静かな顔をしていた。

「違う。あの男は勝手に死んだ」

「勝手に。自害なさったということ？」

「そうらしいな」

続く言葉を真澄は待った。だが、寿々之介は黙っている。

真澄は、胃の腑の底に冷たいものを感じた。両手をぎゅっと拳に握り、寿々之介から目をそらさない。

「では、良朴先生は今、いかがなさっているのでしょうか？　淳庵先生はいかがです？　若さまは両先生がたのことを御存じなのでしょう？」

「知りたいのです。今後のわたしの身の上にも関わりのあることですから」
また、沈黙が落ちる。互いの呼吸の音が聞こえそうな、張り詰めた時が流れる。さ
ほど長くはなかった。だが、ずしりと重い沈黙だった。
寿々之介は言った。
「そなたは、母が望む間ずっとここに留め置く。そなたはほかの医者と違う。そなた
だけは医者として信用ができる」
「ありがとう存じます。ですが、そのお言葉、素直には喜べません。良朴先生は信用
できませんでしたか？」
「では、そなたはあの男を信用できたか？」
「一昨日の御様子は、医者の威厳も何もございませんでした。しかし、もとよりあの
ようなおかただったわけではありません。良朴先生はあなたがたに怯えておられまし
た。一体、良朴先生に何をなさったのです？」
真澄は寿々之介に詰め寄った。いつしか言葉に熱がこもっている。寿々之介は縁台
から立ち、真澄を見下ろした。
「九月十五日までに通仙散を完成させ、秋の終わりまでに手術をおこなうという約束
だった。薬種も銭も十分に取らせた。良朴は、できると誓った。だが、期日が迫るに

つれ、進捗《しんちょく》を訊くたびに、あの体たらくを見せるようになった」

「良朴先生は、守れるはずのない約束をしてしまったのですね。愚かなことを」

「私は真剣に手を尽くしておるのだ。それなのに、見栄っ張りの医者が調子に乗って甘言を振りかざし、私を愚弄した。私の希望を打ち砕いた」

「お気持ちはお察しいたします。良朴先生が軽々しく口約束を結んだことは、同じ医者として許しがたく思います。ですが、若さまのなさりようもまた、わたしには理解できません」

「何を生意気な」

　寿々之介の頬が上気している。単なる不機嫌ではなく、これは怒りだ。真澄は寿々之介の逆鱗《げきりん》に触れている。

　だが、真澄は己を止められなかった。

「お千花さんは、なぜここで奉公することになったのです？　お千花さんは西洞先生を働かせるための人質だったのではありませんか？　もしや、良朴先生の御縁のかたもこちらへ、人質として奉公に上がっているのでは？」

「だったら何だ」

「冷酷ですこと。手段を選ばず人を脅すだなんて」

「黙れ」

「若さまはそうやって医者の心に恐怖を植え付け、通仙散の完成を急がせたのですね。脅された医者は追い詰められ、自害を選び、あるいは半狂乱に陥った。なさりようがあまりに残酷です」

寿々之介は目を見開き、真澄を睨み付けた。拳が震えている。

「人質を殺すなどと言って医者を脅したことなど、一度もない。人質にはまともな仕事を与え、己が人質であることを露も気取らせぬよう扱っておる」

「脅されたと受け取るのは、医者の心の弱さゆえであるとおっしゃいますか」

「弱さではなく、やましさであろう。できるできると嘘をつき続けるやましさだ。患者を安全に眠らせ、痛みを感じさせず、外道の手術をおこなうための薬。烏頭を使おうと阿片を使おうと、その薬を完成させられる者はいなかった。皆、嘘つきだ。皆、私を裏切った。あやつらなど用済みだ」

真澄は、ああ、と喘いだ。怒りと恐れのないまぜになった腹の中が、臓腑ではないどこかが、引き絞られるように痛い。

「医者たちも若さまの御期待に応えようと必死だったに違いありません。だからこそ、焦るあまり、薬にもなり切れていない毒を人に試すという愚かなことを為《な》したのです」

寿々之介は、幾度も噛み締めて白くなった唇を歪めた。牙を剥くような笑みだった。

「私を責めるのか？　お門違いであろう。私が医者に人を毒殺せよと命じたわけではないぞ」

ぷつんと、心を支える糸が切れるのを、真澄は聞いた。

「人でなし」

言葉を発するのと体が動くのとが同時だった。

ぱしん。

乾いた軽い音がした。真澄の手が寿々之介の頰を打った音だった。

風のように蘭蔵が動いた。真澄は肩をつかまれ、寿々之介から引き離された。だが、蘭蔵がしたのはそれだけだ。蘭蔵は困惑した目を、真澄と寿々之介へ交互に向けた。

真澄は正面から寿々之介を見つめた。

「若さまは、母君を思いやるお気持ちの一割でも、他人に向けることがおできにならないのでしょうか？」

一瞬、寿々之介はひどく子供じみた顔をした。くしゃりと眉がよじれ、双眸が潤み、唇が引き結ばれた。泣きべそをこらえる顔だった。

寿々之介は、打たれた頰を押さえ、そっぽを向いた。

「なぜ、そなたが泣くのだ？」

「泣いてはおりません」

「嘘つきだ。声が震えておる」

「ならば、わたしが泣いているのは、若さまのせいに相違ありません。なぜでしょうね。今、ひどく悔しくて悲しいのです」

寿々之介は、か細い声でつぶやいた。

「くだらぬ」

真澄の胸中は、もう冷めていた。燃え立つような義憤は消え、冷酷な若君への恐怖も消え、捨て鉢なほどに静かな気持ちだった。

「御無礼をいたしました。ここでお手討なさって結構です」

真澄の肩をつかむ蘭蔵の手に、びくりと力がこもった。

「手討にはせぬ。言うたであろう。真澄、そなたは有益だ。いかに無礼であろうと、死なせはせぬ。蘭蔵」

「はい」

「真澄を母上のところへ連れていけ」

「はい」

「さっさと失せろ」

寿々之介は真澄に背中を向け、縁台に座った。蘭蔵は長い息をつき、そっと真澄の肩を押した。

田場雁屋《たばかりや》は、飯田橋に店を構える老舗《しにせ》の口入屋である。

日の光が西の空で赤みを帯びる頃、清太郎と彦馬は田場雁屋を辞した。暖簾《のれん》のところで鉢合わせしかけた鳶《とび》風の男が、ぎょっと飛びのいた。

清太郎は苦笑した。

「驚かせて悪いな。自分らのことで頭がいっぱいで、前をよく見ていなかった」

「こりゃあ御丁寧に。しかし、立派なおさむらいさまが口入屋なんぞに何の御用で?」

彦馬は懐手をするふりをして、袂に潜ませた十手《じって》をちらりとのぞかせた。

「ちょっと必要が生じたものですから」

「旦那、お若いが、その十手は……」

「内緒ですよ。とはいえ、田場雁屋さんには何の非もありませんから、安心してください」

言い含める彦馬に、男はうなずいた。

清太郎と彦馬は往来を歩き出した。足取りは力強かった。

「忠司おじさんは、さすがだな。本当に顔が広い」

二人が田場雁屋を訪れたのは、彦馬の父、忠司の仲介によるものだ。田場雁屋は、大名や大旗本が相手となるような大口の商いをもっぱらにしている。日島藩邸とのつながりも、当然のように持っていた。

日島藩邸中屋敷へ、造園に関わる庭師として潜り込む。

彦馬の立てた作戦に、海千山千の田場雁屋の主人は無表情で応じた。算盤《そろばん》に示された斡旋《あっせん》料と口止め料は存外、良心的な価格だった。

彦馬はきまり悪そうに、しきりに頰や髪を掻いている。

「常日頃から親父の手を借りないようにとは思っているが、結局、世話を焼かれっぱなしだ。ここ数日は、勤めのほうも、親父の顔で無理を言わせてもらっている」

「助けがあるのはいいことじゃないか。さっさと姉上を奪還しようぜ。俺も今、師範に頼み込んで稽古を抜けているんだ。そう何日も迷惑を掛けられない」

二人が向かう先は喜多村直寛の邸宅である。昼過ぎに、直寛から知らせが届いた。患者に回復の兆しが見え始めたという。

喜多村邸を訪ねると、待たされることもなく、直寛が飛び出してきた。昨日よりさらに髪はぼさぼさで着衣もだらしないが、顔つきはずっと明るい。

「おお、来たか！　上がってくれ。互いに報告をしよう」

直寛は清太郎と彦馬を離れに招いた。患者のいる母屋の診療所は、用心して見舞いを断っているという。

自ら茶を振る舞いながら、直寛は清太郎に怪訝そうな目を向けた。

「肩を負傷しているだろう？　動きがぎこちない」

清太郎は、指差された肩をさすった。ひりひりした痛みがある。

「大した怪我《けが》ではないんです。慣れないことをしただけで」

彦馬は茶を一口すすった。

「天秤棒を担いだせいか？」

「ああ。すりむけちまったんだ。持ち上げるだけなら何てことない重さでも、あんな格好で担ぎ続けるのはつらいんだな。膝や腰にも来てる」

「戦闘で負った傷もあるだろう。そっちは無事か？」

「すぐ治るさ。姉上が持たせてくれている膏薬《こうやく》もあるし」

茶で口を湿して一息つくと、直寛は身を乗り出した。

「昨日あの後、事態が急転した。いい方向にだ。まず、強力な助っ人が加わった。誰だと思う？」

清太郎と彦馬は顔を見合わせた。直寛は、人の悪い笑みを浮かべている。清太郎は焦《じ》れて、直寛を急《せ》かした。

「いきなり謎かけをされても、わかりませんよ。誰なんですか？」

「おや、弟御は真っ先にわかりそうなものだが」

「……もしかして、親父ですか？」

「正解だ」

清太郎は盛大に顔をしかめた。彦馬は清太郎の顔を見て、噴き出した。

「今日は親父たちが大活躍だな」

「忠司おじさんはともかく、どうしてうちの親父まで出張《でば》ってくるんだ」

直寛は含み笑いをし、庭のほうへ顎をしゃくった。庭の向こうには、患者が治療を受ける母屋がある。

「せっかくだ。長渓先生をお呼びしようか」

「よしてください。それにしても、あの石頭の親父が、よくここへ来ましたね。往診の予定を変えるなんて、雪でも降るんじゃねえか？」

「それは弟御、思い込みが過ぎるぞ。長渓先生は確かにきっちりしておいでだが、情に厚いお人だ。ちっとも銭儲《ぜにもう》けにならん仕事を手伝ってくださることもしょっちゅうだよ」

しかめっ面をやめない清太郎を、彦馬がからかった。

「清さん、ふてくされるな。助けがあるのはいいことじゃないか。直寛先生、お話を進めてください」

直寛はおもむろにうなずいた。

「実はもう一人、医者が助っ人に入ってくれた。おかげで目も手も回るようになって、私にも心の余裕が出てきたのが昨日の夕刻」

「もう一人の医者？　どなたです？」

「藤代どのには言いづらいな。当人がまだ隠れたがっている」

「なるほど、淳庵先生ですか。赤坂の住まいから行方をくらましておられる最中の」

　直寛は額に手を当てた。

「私はどうもしゃべりすぎるようだ」

「腹に一物がある医者より、率直な人柄の医者のほうが、患者は安心するものでしょう。いずれにせよ、腕のいい医者が二人、直寛先生の助けに入ったことで、状況が好転したというわけですね」

　直寛は威勢よく膝を叩いた。

「ああ。時を同じくして、患者たちの体調にも光が見え始めたのだ。特に、心神を喪失していた患者だよ」

「阿片とかっていう、清国の毒を盛られた患者のことですね？」

「そうとも、弟御。その患者がついに返事をした。手を握り返すこともできた。目の前でものを動かすと、眼球がその動きを追った。回復の途上にあるのだ」

「そいつはよかったです」

「烏頭のほうの患者も快癒に向かっている。油断はできんが、今のところ、深刻な後遺症もないようだ。あとは、真澄どのの無事な帰還を願うばかりだな」

ぴんと空気が張り詰めた。清太郎は背筋を伸ばした。

「明日、決着を付けます。俺と彦馬さんで、必ず姉上を取り戻しますよ」

拳を固めた清太郎の傍らで、彦馬は声をひそめた。

「敵の目的がすべて読めたわけではありません。むしろ、読めないことのほうが多い。明らかなのは、名医が狙《ねら》われているという点です。直寛先生も御注意ください」

「心得た。長渓先生たちには私のほうからお伝えしよう」

直寛はしかし、十分に納得してはいないらしかった。乱れた髪を掻き、目をすがめた。

「敵とやらが何者なのかは教えてくれないのか。なあ、弟御よ」

水を向けられ、清太郎は口を開きかけた。だが、横合いから伸ばされた彦馬の手に、言葉を封じられた。

彦馬は淡々と説いた。

「直寛先生が何も御存じないのは、淳庵先生が事情を秘匿なさっているからでしょう。内実を知る淳庵先生の判断に従うのがよいと、私も考えます」

「なるほど。一応わかった」

「私どもはそろそろお暇します。明日の準備もありますから」

清太郎と彦馬は、直寛のもとを辞した。

既に日暮れが迫っていた。夕焼けから遠い方角の空は、昼間とは違う青さに透き通っている。これから刻一刻と、その透明は、深く果てしない闇へと姿を変えていく。

彦馬が清太郎に問うた。

「清さんの家に顔を出しに行くか？お葉さんが安心するだろう」

「そうしようかなと、俺もさっき考えた。弥助の飯を食っていこうかなと。でも、今日はやっぱり帰らねえ」

「なぜ？」

「姉上が一緒じゃないのに、何て言って帰ればいいかわからねえよ」

ふと、背後に足音を聞いた。清太郎と彦馬は同時に振り向いた。喜多村邸の門から小柄な男が出てくるところだった。

清太郎は、びくりと肩を強張らせた。

「親父」

瓜生長渓は、清太郎の頭のてっぺんから足の先まで、じっくりと見やった。それから静かに言った。

「清太郎が怪我をしたと直寛先生が言っていたが、大事ないようだな」

久方ぶりに聞く長渓の声だった。

同じ屋敷に住んでいる。だが、清太郎は長渓が在宅のとき、母屋に近寄らない。本来は下男や店子が住むような、通りに面した長屋の一室に、清太郎は居付いている。

彦馬は長渓と黙礼を交わすと、清太郎の背中を叩いた。存外、力がこもっていた。清太郎は一歩、長渓のほうへ踏み出してしまった。

夕日が長渓を照らしていた。油で固めた束髪から、まとまり切れなかった癖毛がいくらかはみ出し、黄金色《こがねいろ》に染まっている。皺と隈がひどく深いように見えた。

「俺の心配より、自分の心配してろよ。若くねえんだから」

憎まれ口を利いたつもりが、中途半端だ。清太郎は舌打ちをした。

ひとたび気まずさを覚えると、もう長渓を視界にも入れたくない。清太郎は長渓に背を向け、のろのろと歩き出した。

「おい待て、清さん」

彦馬が清太郎の腕をつかんだ。清太郎は足を止めた。振り向かない背中に、長渓の声がじわりと染みた。

「真澄は帰ってこられるのだな?」

男と女では声の高さや太さがまるで違うのに、清太郎の耳には、はっきりと聞き取れてしまう。長渓と真澄は、声の響きがよく似ている。

った。

「姉上は俺が連れて帰る」

「きょうだい共に、無事に帰ってきなさい」

清太郎への言葉はそれきりだった。長渓は彦馬を呼び、彦馬は長渓のほうへ駆け戻った。

二人が小声で話すのを、清太郎は背中に聞いた。彦馬の口から語られるのは、直寛に聞かせた程度の簡単な報告だ。一人で出歩かぬようにと釘《くぎ》を刺すのも忘れない。

手短に話を終えると、彦馬は清太郎に並んだ。長渓の足音はあっさりと門の中へ引っ込んでいった。

「やれやれだな。清さんの意地っ張りも直らないものだ」

「直ってたまるか」

「いつまでもそのままというのは、いくら何でも子供っぽいだろう。清さんが長屋の空き部屋に住み着いたのは、十三の頃だったっけ。十年経《た》った。そろそろ潮時じゃないか？　長渓先生も今さら、医学の勉強をしろとは言わないんだろう？」

「親父がどう思ってるのかなんて、知らねえよ。俺は剣術道場で子供らの相手をして生きていくんだ。あれこれ指図されたくない。医者の道は姉上が継いでいるんだから、十分じゃねえか」

彦馬は、溜息とも笑声ともつかないものを吐き出した。

「そういうことを、きちんと長渓先生にも伝えればいいんじゃないかな。さっきみたいな喧嘩《けんか》腰はよくない。清さんらしくないぞ。道場の子供らに、あんな姿は見せられないだろう?」

清太郎とて、わかっている。彦馬の言うことが正しい。

とはいっても、頭で考える理屈と心に湧き起こる感情とは別々のものだ。長渓の顔を見た途端、声を聞いた途端、逃げ出したくなる。それが情けなくて、逃げる代わりに悪態をついてしまう。

清太郎はぽつりとつぶやいた。

「何でこんなに嫌いなんだろうな」

少し間があって、彦馬は答えた。

「超えられないいんだよな。認めたくはないが、たぶん一生」

清太郎はかぶりを振った。

「どうでもいいや、そんなこと」

捨て鉢にうそぶいて、また、かぶりを振った。

だが、振っても振っても、長渓の声の名残は耳から振り落とせなかった。帰ってきなさいと、その一言がいつまでも頭の中で響いていた。

於富が目覚めるのを待つうちに、日が暮れた。

真澄はようやく呼び出され、冷えた廊下を渡って、於富の寝室の前に至った。

「奥方さま、真澄が参りました」

声を掛けたが、応《いら》えはない。

廊下の隅に佇立《ちょりつ》していた仁王像が動いた。奉先である。

「ほう、女医どの。おなごは装いひとつで別人のように変わる。もとよりお美しいが、これはまた見事な」

「ありがとう存じます」

「しかし、浮かない顔をしておいでだな。そんな様子では、せっかくの装いももったいないというもの。加減が優れぬのかな？」

「いえ、そのようなことは」

「そうだな。体の具合が悪いというわけではあるまい。心模様が晴れぬと見える。何があったのかね？」

「いえ……特に、何も」

奉先の眼光は強い。視線を合わせているだけで精神の奥底まで貫かれ、隠した真意さえ抉《えぐ》り出されそうだ。

「ならば、当ててみせようか。なに、たやすい術よ。女医どの、このまま、それがしの目を見るのだ。目をそらさず、顔を背けず……ああ、なるほど。若さまの御機嫌を損ねてしまったのだな。それで、まいっておられる」

「え?」

「目の奥に書いてある」

真澄は息を呑んだ。いや、呑むより手前で吸気は固まり、全身も硬直した。まるで蛇に睨まれた蛙である。いましめられたかのように動けない。

いましめは唐突に解かれた。奉先が笑い出したのだ。

真澄は呆然《ぼうぜん》として奉先を見上げた。喉仏のあたりに剃《そ》り残した鬚《ひげ》があるのがわかった。

「奉先さま」

「すまぬ、女医どの。からかっただけだ。術などと、本気にしないでくれ」

「わたしのほうこそ動揺してしまって……失礼いたしました」

「会って二度目のおなごの精神を推し量るなど、それがしにできる芸当ではない。からくりがあるのだよ。長年、剣を合わせている弟子が相手ならば、読心などたやすいものでな」

「お弟子さまですか」

「蘭蔵だ。今日は柄にもなく、隙だらけだった。あまりに態度がおかしいので、何があったのかと問い詰め、白状させたというわけだ」

「そうでしたか」

「女医どのが初めてではないかな。若さまとひと悶着《もんちゃく》起こした者がその後も息をし、あの蘭蔵の動揺まで誘うとは」

　奉先は軽やかに言ってのけた。

　真澄は薄ら寒いものを覚え、薬箱の取っ手をつかみ直した。力を込めると、乾いてかじかんだ掌は疼くように痛んだ。

「わたし、奥方さまに呼ばれておりますので」

「さようだな。引き留めて悪かった」

　奉先は廊下の隅へと下がり、再び静かに佇立した。

　改めて真澄は、廊下に控える女中に目礼し、襖越しに声を掛けた。

「失礼いたします。真澄が参りました」

　相変わらず応えはない。真澄は襖に手を掛け、そっと部屋に入った。

　最初の間は無人で、薄暗かった。さらに奥に襖がある。真澄はそこでまた中に声を掛け、応えを得ないままに、おそるおそる襖を開けた。

　途端、息が詰まった。むっとするほどにぬくい。甘い香の匂いは昨日よりもきつく、空気が白く霞んでいる。

於富は布団の上で脇息にしなだれかかっていた。

「よう来たのう、真澄。さあ、こちらへ来りゃれ」

とろけるように微笑む於富の手に、細く長いものがある。それは蠟燭《ろうそく》の火を映し、きらりと光った。金属細工の煙管である。

真澄は愕然《がくぜん》とした。

「奥方さま、何をなさっているのです?」

於富はくすんだ色の唇で、ふうっと煙を吐いた。

「薬じゃ」

「おやめください、お体に障ります!」

真澄はなりふり構わず於富のそばへ飛んでいった。煙管を取り上げようと伸ばした手を、於富につかまれた。思いがけない握力である。

於富はうっとりと真澄を見つめた。

「おお、やはり、秋の花の着物がよう似合っておる。愛らしいぞえ、真澄。もっとちゃんと見せておくれ」

「お手をお離しください、奥方さま」

「こりゃ、しかめっ面などするな。笑ってみせよ」

「奥方さま、煙草はおやめください。お体にとって毒です」

「毒なものか。元化の持ってきた、これがわたくしの体に最もよく効く薬じゃ」

「薬ですって?」

「さよう。これを吸うておる間は、まことに楽になる」

部屋の隅にわだかまる闇が、のそりと動いた。元化がそこにいたのだ。真澄はまなじりを吊り上げた。

「患者さまに煙草を吸わせるだなんて、何を考えていらっしゃるのですか！　特に奥方さまの御病気は、肺腑にまでも毒が広がりやすいのですよ。それをこんな、無茶な……！」

咳がせり上がってきて喉を塞いだ。

真澄は体を折って咳き込んだ。煙った空気をいくら吸っても、息苦しさが増すばかりだ。鈍い頭痛に襲われ、めまいがする。真澄は、畳の上に手を突いた。

きゃらきゃらと笑う声がした。於富は布団の上に腹這いになって、脚をばたつかせ、煙管をくわえたまま、何かの歌を口ずさんでいる。

元化は呼ばわった。

「女医どのよ」

真澄は無理やり顔を上げた。

「わたし、元化先生にお話があります」

「聞こう」

「元化先生、若さまが過ちを犯してしまわれたことを御存じなのでしょう」

「はて。過ちとは？　母への孝行で知られる若さまが、何か間違ったことでもおこなっていると言うのかね？」

真澄は咄嗟に於富のほうを見た。於富はにこにこして煙草を吸っている。潤んだ目は宙を映すばかりだ。

「若さまは町医者たちに薬の開発をさせていました。それが何の薬か、元化先生も御存じだったと、若さまはおっしゃっていました」

「さよう。若さまに医薬の知恵を授けたのは、ほかならぬ吾輩である」

「であれば、薬の開発において若さまの定められた期日があまりに無茶であることも、元化先生は理解なさっていたでしょう。なぜお止めしなかったのですか？」

「お止めして立ち止まるようなお人だと思われるか？」

不意に於富が声を上げた。

「上陽の人、紅顔暗く、老いて白髪新たなり——と、こうやって始まる漢詩じゃ。これは誰の作だったか。覚えてはおらぬか、のう、寿々之介や？」

白煙を吐く唇の端から、つ、と涎《よだれ》が垂れ落ちた。真澄は懐紙で於富の顎を拭った。

「奥方さま、こちらには今、若さまはいらっしゃいませんよ」

「そうかえ。そなたは誰じゃ？」

真澄は、強張る頰を無理やり微笑ませた。

「医者の瓜生真澄でございます。奥方さまのお体を診させていただきとう存じます。今から診察をいたしますから、一度、煙草をおやめになっていただけますか？」

於富は首をかしげた。艶の失せた髪に白いものが交じっている。

「のう、寿々之介はおらぬか？　寿々之介は覚えておるのじゃ。上陽の人、という詩は誰の作であったろう？　そなた、誰か知らぬが、漢詩をたしなんではおらぬのか？」

「奥方さま……」

哄笑《こうしょう》が真澄の鼓膜を殴り付けた。元化である。真澄は思わず耳を塞いだ。元化の笑声は、真澄の頭蓋の内側でわんわんと響き渡る。

ひとしきり笑った元化は、ゆっくりと真澄に近付いてきた。

「いかがしたかね、女医どの？　顔色が優れぬが」

「何でもございません。失礼いたしました。とにかく、奥方さまの、診察を」

背筋を伸ばすと、息が切れた。ぐるん、と視界が回る。伸ばしたばかりの背中が曲がり、呆気なくくずおれる。体が、言うことを聞かない。

元化の声が轟々《ごうごう》と降ってくる。頭が痛い。耳を塞ごうにも、腕が重い。

「今の奥方さまには何も聞こえておらんよ。仮に聞こえておっても、それは琴の音や鳥の声と同じ。意味を成す言葉であるとは理解できん」

「そんなおかしな症状が、なぜ？」

息を吸って吐いた。ただそれだけのことが極めて難しい。真澄は、蝕《むしば》まれるように理解し始めた。この部屋はあまりにも空気が悪い。

元化は身を屈め、真澄に顔を寄せた。

「なあ、女医どの？」

真澄は目を細めて元化を睨んだ。眼球の奥がひどく痛む。

「毒ね、この煙は」

体が浮いた。胸倉をつかんで持ち上げられている。霞んだ視界の真ん中に、笑っているらしい元化の顔がある。焦点が合わない。

「毒ではない。薬だ。殿が大切な奥方さまのために選んだ、これこそが慈悲の薬だ」

「薬……慈悲の薬？」

意識が朦朧《もうろう》としかけていた。元化の声は聞こえる。だが、わんわんと鳴り響く一語一語を、うまく判じ分けられない。脳が轟音に揺さぶられ、吐き気を催す。

「奥方さまは薬の服用を始めてから、朗らかになられた。よく笑い、よく眠り、苦痛を訴えることなく、従順にもなられた」

「……違う、薬ではない」

「さて、これが何の薬か、知りたいか？　薄々予想はついておるだろう。なあ？」

いつしか元化は煙管を手にしている。ただの煙草ではあるまい。煙管から細く立ち上る白煙と同じものが、部屋に満ちている。

於富が笑っている。その声が遠く近く、幾重もの層を成して鳴り響いている。

真澄は恐怖を自覚した。

「やめて」

叫んで元化を突きのけたつもりだ。しかし何もできていない。体に力が入らない。

あっさりと、煙管の吸口で唇をこじ開けられる。

「さて、女医どの。勉強の時間だ。医者が薬種を知るには、効能を覚えるだけでは用を為さん。形と匂い、そして味までも覚えるものである」

「離して」

真澄は息を止めた。首を振る。煙管がしつこくついてくる。於富が笑っている。苦しい。頭が白く霞んでいる。どくどくと、耳元で鼓動の音がする。肺腑がよじれ、呼吸を求めている。

元化が真澄の鼻をつまんだ。驚いた拍子に口を開いた。煙管の煙ごと、息を吸ってしまった。

煙が喉へ染みる。真澄は咳き込んだ。不規則に息を吸って吐き、咳をしてまた吸った。

元化の声が真澄の頭を内側から殴り付ける。

「これが清国渡来の妙薬、阿片よ。味はいかがか？　なに、初めの一度、二度の吸引は苦しいが、心配せずともよい。繰り返すうち、じきに極楽の心地に至る」

真澄は渾身の力で煙管を払いのけ、畳の上に転がった。

立てない。目を開けていられない。光が眼球の奥に突き刺さり、頭痛を増幅する。猛烈なめまいがしたと思うと、胃の中のものが込み上げてきた。酸《す》い津液を嘔吐する。喉が焼けて痛む。咳き込む。がんがんと頭が痛む。

於富の声が聞こえる。

「そこなる者は何じゃ？　苦しんでおるのか？　哀れじゃのう。ほれ、近う寄れ。わたくしの薬を吸わせてやろう。苦しみが、すっと失せるぞ」

真澄は呻《うめ》いた。痛い、苦しい、救いがほしい。その救いというものが阿片だとするならば、今すぐそれを吸ってしまいたい。

いけない。

真澄は奥歯を噛み締めた。頬の内側の肉を一緒に噛んでしまった。鮮烈な血の味が口の中に広がった。

「間違っている」

つぶやく己の声が、異様な轟音の中で、確かに聞こえた。

真澄は髪から簪を引き抜いた。尖った先端を腕に突き立てる。鋭い痛みと血の匂いが脳に刺さった。それはまるで閃光《せんこう》のように、真澄の意識の中で弾けた。

そして、真澄は気を失った。


道具を担いだ人足がぞろぞろと藩邸の門をくぐっていく。百姓もいれば庭師もおり、山仕事に慣れた木こりも、力仕事で鍛え上げた日雇い人夫もいる。その数、ざっと八十名ほどに上るらしい。

清太郎は、隣を歩く彦馬を肘《ひじ》でつついた。

「うまくいったな」

周囲はがやがやとしており、無駄口も目立たない。屈強な者も多いから、清太郎も彦馬も鍛えた体を隠さず、尻っぱしょりの野良着姿である。刀はさすがに帯びていないが、代わりに鉈《なた》を携えている。

彦馬は、拳にうぐいすの笛を握り締めた。

「ここまで来たら、あとはもう一か八かだ」

風が強く、流れる雲の足が速い。薄曇りの空から時折、気まぐれな日差しが降ってくる。ほとんど冬のように空気が冷たい朝だ。

武家屋敷の間を抜け、番所を通って庭園に入る。清太郎は感嘆した。

「広いもんだ。やっぱり大名って金持ちなんだな」

三々五々、男たちは慣れた様子で作業に取り掛かった。清太郎と彦馬は作業に加わるふりをしながら、真澄が囚われている館のほうへ巧みに近寄った。

館は生垣に阻まれ、全容が見えない。平屋造りで、さして大きくはないようだ。館と隣接して、庵と何かの畑がある。

身を隠せる場所を探した。すぐに彦馬が指差した。

「あれがおあつらえむきだな」

ちょっとした広さの松林だった。野性的な趣といおうか。剪定《せんてい》の手が入っておらず、地面には巨岩がごろごろしている。

松林に駆け込むと、清太郎は見張りに立った。こちらに注意を向ける者はない。清太郎は彦馬にうなずいてみせた。彦馬は笛を吹いた。

ほう、ほけきょ。ほう、ほけきょ。

高く澄んだ笛の音は、風に乗って遠く響く。館にも聞こえているはずだ。

ほう、ほけきょ。ほう、ほけきょ。

笛は幾度も鳴いた。清太郎は耳を澄まし、目を光らせて待った。まだ、応える笛の音はない。彦馬は笛を吹く。

ほう、ほけきょ。ほう、ほけきょ。

清太郎は、まばたきもせずに待つ。鼓動の音がざわめいている。喉がからからに渇いていく。

ほう、ほけきょ。ほう、ほけきょ。

「来てくれよ。姉上、早く」

ささやいたそのときだ。

館の生垣が一箇所、開いた。勝手口がそこに隠されていたのだ。娘が一人、中から飛び出してきて、きょろきょろと周囲を見渡した。何かを探している。

清太郎は彦馬の肩をつつき、娘のほうを指差した。彦馬は目をすがめ、試すように笛を吹いた。

ほう、ほけきょ。

ぱっと、娘がこちらを向いた。知らない顔だ。日に焼けていて、手足が長い。

「彦馬さん、あの娘」

「誰だろうな」

娘は裾をからげ、脇目もふらずこちらへ駆けてくる。清太郎は周囲へ視線を走らせた。だが、真澄の姿はない。

「なぜ姉上じゃない？　どういうことなんだ？」

「あの娘に話を聞くのが早いさ」

「敵の手の者だったらどうする？」

彦馬は鉈に手を触れた。

「そのときはそのときだ」

女の脚としてはあっぱれな速さで、娘は松林に到達した。二十に満たぬ年頃だ。息も整えず、娘は口火を切った。

「真澄先生の弟さんですね？　それと、幼馴染の人」

「姉上を知っているんだな」

娘はうなずき、掌を開いた。彦馬の手にあるものと同じ、竹でできた小さな笛がある。

「真澄先生から預かりました。うぐいすの声が聞こえたら、その声のするほうへ走るように言われたんです。お二人に会って、伝言をしてほしいって」

「伝言？　姉上が何と？」

「あの館に患者さんがいるんです。真澄先生は患者さまのおそばにいなければならない、だから今は帰ることができないっておっしゃいました」

彦馬は空を仰いだ。

「さすがだな、真澄さんは。こんな状況で、患者の心配とは」

清太郎は彦馬の腕をつかみ、揺さぶった。

「駄目だ。姉上をここに留め置いちゃいけない。良朴先生を見ただろう？　あんなにやつれて怯えてさ。西洞先生なんて、もっと……」

娘がいきなり清太郎にむしゃぶりついた。

「お父っつぁんがどうしたんですか！」

「何だって？」

「荒木西洞は、あたしのお父っつぁんです。お父っつぁんのこと、知ってるんですね？」

清太郎と彦馬は視線を交わした。彦馬はかすかに頭を振った。今は何も話すな、と目が告げている。清太郎はうなずいた。

彦馬は娘にうぐいすの笛を示してみせた。

「事情を確認させてください。真澄さんはこの笛をあなたに手渡し、伝言を頼んだのですね、お千花さん」

そうだ、と清太郎は思い出した。西洞の娘は、お千花という名前だった。

「はい、あたし、あのお館で働いてて、真澄先生のお世話を言い付かってるんです。

初めてお会いしたのは一昨日なんだけど」

「では、真澄さんは今、あちらの館にいるのですか？」

「今はいません。昨日のお昼過ぎに呼ばれていってから、真澄先生、帰ってきてないんです」

「呼ばれていったのですか？　どこへ？」

「薬箱を持っていったから、患者さんのところだと思います。呼びに来たのは、若さまの従者の男の人でした。無口で目つきが暗くて、何だか不気味な人なんですよ」

清太郎は館のほうを睨み据えた。

「若さまというやつは、日島藩藩主の世子、松園道孝だな。姉上が患者を見捨てられない気持ちはわかる。でも、俺は姉上を置き去りにしては帰れない。お千花ちゃん、姉上は患者のそばにいるはずなんだな？」

「はい」

「じゃあ、行くしかないよな、彦馬さん」

彦馬は何かを言いかけ、しかし突然、はっと振り向いた。清太郎も同じ瞬間、同じほうを見た。彦馬はうぐいすの笛を懐に突っ込んだ。

「やはり見付かったか」

松林の奥から男が駆けてくる。その異様に身軽な動きには覚えがある。良朴の妾宅《しょうたく》を襲撃した男だ。

お千花が喉の奥で悲鳴を上げ、笛を取り落とした。

「若さまの従者だ」

男は脇差を抜いた。清太郎は、鉈に巻いた襤褸《ぼろ》を解いた。男は足を止めない。まっすぐ突っ込んでくる。

清太郎は飛び出した。鉈は打刀《うちがたな》より短い。そのぶん、踏み込む間合いを変える。一歩奥へ。相手の懐へ。

脇差が旋回する。清太郎は、かっと目を見開いた。脇差が木漏れ日を裂く。その軌道へ鉈を叩き付ける。渾身の一撃。

火花が散った。

清太郎は力任せに鉈を振り切った。構え直さず、そのまま踏み込む。体当たりをする。

痩せぎすの男は吹っ飛んだ。が、転びながらも地面を蹴り上げた。土埃と小石が舞う。清太郎は咄嗟に目を閉じた。目を開く。身構える。

同時に動いた。

脇差は鋭く小さな軌道を描いた。男は素早い。だが、速いだけのありふれた斬撃である。清太郎は鉈を叩き付ける。敵刃を弾き返す。すかさず追撃が来るが、あの鮮烈な旋回ではない。

松林が清太郎に味方をしている。変幻自在の剣舞を繰り出すには、ここは狭すぎる。足場も悪い。視界を阻む枝もある。

好機だ。

清太郎が打ち掛かる。搦《から》め捕るように剣筋をそらされる。清太郎は、返す刀で薙《な》ぎ払う。跳んで躱される。男は横ざまに走る。

松の木が視界をさえぎる。

次の瞬間、男が迫っている。敵刃が鋭く唸る。清太郎は受ける。

刃が嚙み合う。金属の匂いが鼻を突く。汗の匂いもする。間近に睨み合ったまま、清太郎は低く問う。

「姉上はどこだ」

男はぴくりと眉を動かした。

「姉？」

清太郎は歯を食い縛る。鉈が震えている。鍔がないせいだ。競り合う刃に膂力《りょりょく》を乗せ切れない。

押されてたまるか。

ひゅっ、と風が鳴った。男の頬に、つぶてが当たる。男は飛びのいた。ぎらりと視線を投げる先に、彦馬がいる。

つぶてではない。苔の上に落ちたのは、うぐいすの笛だ。お千花の手からこぼれたものを彦馬が投げたのだ。

清太郎は鉈を正面に構え直した。

「瓜生真澄の居場所を知っているんだろう？　俺の姉上だ。返してもらうぞ、この人でなしが！」

男の剣先が、かすかに震えた。清太郎と同年配とおぼしき顔に、闘志でも殺意でもない表情が浮かんだ。

沈黙。

彦馬はお千花を背に庇《かば》いながら、油断なく鉈を構えている。清太郎か、脇差の男か、彦馬か、誰が動いてどのような形で均衡を崩すのか。

じりじりと、沈黙が続く。

均衡は意外な方向から崩された。

「どうした？　何があった、蘭蔵？」

若い男が一人きりで軽快に駆けてきた。身なりのいい武士だ。

彼は、三本の剝き出しの刃《やいば》を目に留め、途端に顔を険しくした。だが、恐れたわけではない。すかさず腰の刀を抜いた。

お千花が上ずった声を出した。

「若さま！」

清太郎は一瞬、お千花に気を取られた。その隙に、蘭蔵と呼ばれた男は大きく跳び退った。寿々之介は刀を背に庇う。

寿々之介は刀を晴眼に構えた。

「何者だ。名乗れ。庭師や百姓の類いではあるまい」

清太郎は気息を整え、間合いを詰める。

「俺は瓜生清太郎。当代随一の医者、瓜生真澄の弟だ。おまえら、姉上をどこに隠した！」

寿々之介は白い顔を歪めた。木漏れ日を映す目が黄金色に燃えた。

「無礼者が。私を何者か知っての振る舞いか？」

「ああ、知ってるさ、若さま。藩邸内じゃ手前《てめえ》の天下だと思っているんだろうが、そうは問屋が卸すか。姉上を返せ！」

「真澄を返せだと？　それはこちらの台詞だ。怪しいやつめ。おまえたちこそ、真澄に狼藉《ろうぜき》を働いたのではあるまいな？」

「ふざけるな！　どうして弟の俺が、姉上をかどわかしたおまえらにそんなことを言われなきゃいけない？　筋違いもいいところだ！」

寿々之介は、胡散《うさん》くさげに清太郎を見据えている。

「おまえ、まことに真澄の弟か？　顔も髪も体格も、何ひとつ似ておらぬではないか。武士であろうに、下賤な変装までして忍び込むとは不届きな。信用できぬ」

「だから、おまえらが姉上をさらっちまうから、俺たちがこうやって無理やり潜入するしかなかったんだろうが！」

「何たる口の利き方だ」

「敬意を払えってんなら、おまえらのほうこそ、武士らしく堂々と振る舞え！　くそ、ここまで来た以上、おまえらをぶっ倒して姉上を連れて帰る！」

唾《つば》を飛ばして怒鳴る清太郎の前に、彦馬が割って入った。

「清さん、落ち着け。話が噛み合っていない」

「噛み合うわけがないだろう！　こんなやつと、まともな話なんかできるか！」

「落ち着いてくれ。武器を下ろせ」

「彦馬さん！」

既に彦馬は構えを解いていた。あまつさえ、足元に鉈を置くのを見て、清太郎もしぶしぶ両腕を垂らした。

彦馬は寿々之介に呼び掛けた。

「若さま、少しよろしいでしょうか」

「何だ」

「挨拶も礼も欠き、まことに申し訳ございませんが、まずは現状について確認したく存じます。現在、我々は双方とも、真澄さんの行方を探しているのですね？」

　寿々之介は目をすがめた。

「おまえは何者だ」

「縁あって通仙散の一件を知り、これを真澄さんに伝え、結果として真澄さんをこの藩邸へ近付けてしまった張本人です」

「なるほど。数日前に市谷柳町の一帯をこそこそ探っておった二人組というのがおまえたちか」

「では、探るなと警告する文を人混《ひとご》みの中で寄越したのは、そちらの蘭蔵さんだったのですね？」

　蘭蔵は、ぴくりと眉を動かした。だが、脇差を構えた体勢は少しもぶれない。

　一方、寿々之介は刀を下ろした。

「おまえたち、藩邸に入ったのはいつだ？」

「つい先刻、鐘の音を合図に、他の人足らと一緒に入ってまいりました」

「まことだな？」

「誓って、まことでございます」

「潜入の目的は真澄の奪還か?」

「ええ。真澄さんさえ返していただければ、我々はほかに望むことなどありませんよ」

寿々之介は肩を怒らせた。歯ぎしりの音が聞こえた。

「昨晩から真澄の行方が知れぬ。あの真澄が勝手に逃げ出すはずもない。それに、今朝発見したのだが、これが母の居宅に落ちていた」

寿々之介は袂から懐紙の包みを取り出した。懐紙をほどくと、きらきらしたものが中から現れた。

清太郎は目をすがめた。

「女物の簪か。もみじと銀杏の飾りが付いている。でも、姉上のものじゃない」

「真澄のものだ。昨日、母が真澄のために選び、昼には確かに真澄が髪に挿していた。それが、血の付着した状態で落ちていたのだ」

清太郎は、ざっと血の気が引く音を聞いた。

「どういうことなんだ、それは」

寿々之介は吐き捨てた。

「私の藩邸で邪《よこしま》なことを為す卑劣漢がいるということだ。到底、許しておけぬ。真澄は礼儀知らずな医学馬鹿だが、私には必要だ。無事であってもらわねば困る」

勢い付いていた言葉はしかし、だんだんと頼りなく震えてしぼんでいく。

そしてまた、事態の急変を清太郎の耳が聞き付けた。

遠くで、かすかに女の声がした。上ずって調子っ外れな、異様な声が。

「待て。何だ、今の声は？」

女が泣き叫んでいる。

「清さん、何か聞こえたのか？」

「静かに。悲鳴みたいな声だ」

皆、息を呑んだ。再び、今度はより大きな声が響く。全員がそれを聞いた。

清太郎は振り向いた。松の木立の間からのぞくのは正室の館である。清太郎は指さした。

「あれは何事だ？」

大わらわの女中が寄ってたかって駕籠を担ぎ、館から運び出している。半狂乱の声は駕籠の中から上がり続けていた。駕籠は、館と隣り合う庵へと運ばれていく。

寿々之介は青ざめた。

「母上だ。あんな金切り声で、何をおっしゃっているのだ？」

「痛い、苦しい、薬が切れた、医者がいないって」

「まことか？」

「俺は耳がいいんだよ。げんか、げんかって、何度も言っている」

「元化は母の主治医だ。どういうことだ？　母上を苦しませておいて、元化は何をしている？」

刀を収めるや、寿々之介は駆け出した。蘭蔵が音もなく後を追う。

彦馬が清太郎の背を叩いた。

「あの駕籠の女が真澄さんの患者なら、真澄さんも近くにいるかもしれない。あるいは、患者が真澄さんの行方を知っているかもしれない」

はっとする清太郎を置いて、彦馬が先に走り出す。お千花も続くが、たちまち引き離される。

清太郎は一声、吠えた。そして疾駆した。


於富のために、庵の居間は手早く整えられた。雨戸が開け放たれ、日の光と秋風が招き入れられる。

薬は、ごちゃごちゃとした診療室に置かれていた。何の変哲もない無臭の生薬である。女中は首をひねりながら持ってきたが、於富は無邪気に歓喜してみせた。

「おお、これじゃ。やはりここにあったか」

於富は布団に横たわり、震える唇で煙管をくわえると、落ち着きを取り戻した。女中たち一人ひとりに、白湯《さゆ》を持て、水菓子を運べ、鏡を用意せよ、真澄を呼べと命じる。女中たちはわらわらと散っていった。

体じゅう、まんべんなく痛かった。乳は重く、もげ落ちてしまいそうだ。呼吸ひとつするたび、骨も肉もばらばらと壊れていく幻が、まならにちらついた。

だが、痛みが脳を刺し、覚醒させている。

「よい日和だこと」

於富は微笑み、脇息にもたれて、化粧道具を手元に寄せた。煙管の一式と共に自室から持ってこさせたものだ。

病み付いてからというもの、化粧ができなくなった。肌がくすみ、かさかさに乾き、かと思うと満面に吹き出物ができ、白粉も紅もうまく載らない。

於富は娘の頃から不美人だった。だからこそ、化粧で工夫を凝らすことは楽しかった。病は、女のささやかな楽しみさえ、あっさりと奪ったのだ。

化粧道具箱には今、同じ型の瓶がずらりと揃えてある。空色の瓶で、色とりどりの胡蝶が描かれている。中身は上質の椿油だ。病人の肌と髪の潤いにもよいからと、寿々之介が贈ってくれたものだった。

瓶の一本をつまみ、於富は小首をかしげた。

「真澄にも持たせてやればよかった。まじめな、いい娘であったわ」

白い手から瓶が落ちた。転がった瓶の口から椿油がこぼれる。布団に琥珀色が広がった。

於富はまた一本、さらにもう一本と瓶を手に取り、落とし、転がした。あたりに甘く香ばしい匂いが立ち込める。

秋風が吹いた。於富は少し震えた。豪奢な綿入れをまとっていても、ひどく寒い。冷えた体は、あちこちまんべんなく、刺すように痛む。

女中たちはまだ戻らない。元化も不在のままであるし、真澄がやって来る様子もない。一人きりの於富は、煙管をくゆらせた。何の味もしなかった。

否、於富は一人ではない。

男たちが、居間から望める庭へと、勢いよく駆け込んできたのだ。


清太郎がまず嗅いだのは薬の匂いだった。それから、甘く香ばしい匂いを感じた。

女が、部屋の真ん中で悠然と座っている。その手に煙管があった。清太郎は思わず顔をしかめたが、やにの匂いが目に染みることはない。飾り物か。いや、煙管からは薄く白煙が上がっている。

とろとろとした女の声が布団の上を這った。

「何事かえ？　いい年をした大人の男たちが、小童《こわっぱ》のように息を切らして走ってくるとは」

痩せた女だ。美しくも若くもない。装いも崩れている。だが、知性と威厳の片鱗が香った。その女こそが藩主正室の於富であると、清太郎は直感的に理解した。

寿々之介が悲鳴じみた声を上げた。

「母上、煙草などおやめください。お体に障ります！」

於富は微笑んでいた。

「おやおや、おまえまでそんなことを言うのかえ」

「先ほど、どこかが痛むとおっしゃっていたでしょう。どうなさったのですか？」

「優しい子じゃ。母を心配して駆け付けてくれたのか」

「鎮痛剤でしたら、この庵にも常備されているはず。煎じて差し上げますから、お体を休めてお待ちください。とにかく煙草はいけません」

「心配せずともよい。わたくしは今、静かに冴《さ》え渡った心地じゃ。何もかも、この手に取るかのよう。まことに、わたくしはこのところ呆けておったからのう」

ふと、於富は振り仰いだ。庵の奥の暗がりから禿頭の男が現れたのだ。

「あいつ、医者か」

清太郎は一瞥《いちべつ》してそう判断した。

医者の背後に、もう一人、男が姿を見せた。押し殺したように静かな気配の持ち主である。腰の刀は一本。

於富は医者のほうへ、痩せた手を伸ばした。

「元化や、どこに行っておったのじゃ？」

「申し上げておりませなんだか。昨晩から上屋敷に参上しておりました。つい今しがた、こちらへ戻ったところでございます」

「上屋敷とな。殿にお会いしてきたのかえ？」

「はい。殿はいささか胃痛があるとおっしゃっておりましたが、吾輩の持参した散薬で、すぐお加減も回復なさいました。御多忙であられたゆえの症状でございましょう」

「さようか。多忙であれば、殿からわたくしへの見舞いがないことも仕方あるまい」

元化は、ぐるりと一同を見やった。最後に寿々之介に目を留める。

「若さまがお連れの、この奇妙な風体の者どもは、一体何ですかな？」

寿々之介は柳眉《りゅうび》を逆立てた。

「捨て置け。それより元化、何をぼんやりしておるのだ」

「はて。ぼんやりとは？」

「母に煙草をやめさせろ。煙草は肺を毒し、肺が毒されれば呼吸が毒され、呼吸によって全身に行き渡るべき気が害を帯び、体を損ねる。そう説いたのは元化、そなた自身であろう」

「確かに。やはり若さまは優秀であられますな」

「元化！」

寿々之介は怒鳴った。元化は表情ひとつ変えず、口元には笑みさえ浮かべている。

お千花が庭に駆け込んできた。元化の視線がお千花をとらえた。

「荒木西洞どのの娘御だな？」

お千花は息を切らしながら、目を丸くした。

「先生もお父っつぁんを知ってるんですか？」

「むろんだとも。西洞どのの評判を聞き付け、若さまに御紹介したのは、この吾輩だったのだよ。しかし、よかれと思ったのだが、結果としては残念なことになってしまったな」

お千花は、さっと顔を強張らせた。

「残念なこと？」

寿々之介は気色ばんだ。

「何を言うか、元化」

元化はにっこりと笑った。背後の男もまた笑った。温かみなど微塵《みじん》もない、しかし圧倒的に楽しそうな笑顔である。

清太郎は全身が粟立《あわだ》つのを感じた。

元化は晴れやかに言い放った。

「そろそろ率直に申し上げましょう。通仙散を求める策は完全に失敗でありましたな、若さま。しかしながら、この失敗は若さまの責任ではございますまい。そもそも、たかが数月で開発し得る薬ではないのです」

寿々之介は蒼白《そうはく》になっている。

「やめろ。母上に聞かせるんじゃない」

元化は止まらない。

「殿も、失敗それ自体をお責めではございませんでした。しかしながら一点、荒木西洞が自ら毒を呷《あお》ったという盛大な不手際については、反省を促しておいでしたぞ。江戸の城下で人が死ねば、それはもう大騒ぎになるものですから」

お千花の体がふらりと揺らいだ。清太郎も彦馬も立ち尽くしている。室内の暗がりの中で、元化は両目を爛々《らんらん》と光らせて笑っていた。

寿々之介は胸を掻きむしった。

「言うな、元化。母上が聞いていているんだ。そんなことをここで言うな」

元化は言った。

「失敗でございます。とはいえ、殿は初めから、奥方さまの治療においては別の薬の使用こそを本命としていらっしゃったのですが」

「別の薬……」

「昨夜、ついに殿が吾輩にお命じになりました。今後、奥方さまの治療はすべて吾輩が請け負います。若さまはくれぐれも口をお出しにならぬよう、お願い申し上げます」

「どういうことだ、元化。意味がわからない。母上の病を治すには、通仙散やそれに類する眠り薬を用いて外道の手術をおこなうしかないのだろう？　そなたがそう言ったのだ。ほかに薬があるというのか？」

元化はにこやかに一礼した。

風が吹いた。於富の煙管から立ち上る煙が風に遊ばれ、一筋、白く長い尾を引いた。

於富が歌うようにうそぶいた。

「薬が足りぬ。火急じゃ。早うわたくしの薬を持て。わたくしは、苦しいのは嫌じゃ。この薬があれば、痛くも苦しくもない。夢見心地になれる。これなるは唐土の秘薬じゃ」

於富は煙管をくわえ、深々と吸い、とろける笑みを浮かべてみせた。

清太郎と彦馬は同時に声を上げた。

「阿片か！」

初めからこれこそが本命の治療であったと、元化は言った。日島藩主その人が阿片の使用を判断したとも言った。於富の回復の見込みなど、初めから切り捨てられていたのだ。

寿々之介は、今にも倒れそうにふらついた。蘭蔵が寿々之介の体を支える。が、寿々之介は蘭蔵の腕を振り切り、縁側に飛び乗った。

「よくも、この裏切り者がッ！」

絶叫だった。慟哭《どうこく》にも似た響きだった。寿々之介は既に刀の鯉口《こいぐち》を切っている。抜き放たれた。

甲高い音がした。

刃が打ち合わされている。寿々之介の斬撃は、相手の剣によって受け止められた。抜いたのは、元化の背後に控えていた男である。

「失礼しますぞ」

ごく軽く言って、男は直刀を旋回させた。寿々之介は刀ごと、後ろざまに撥《は》ね飛ばされる。縁側から転げ落ちるのを、蘭蔵が下敷きになって庇った。

男は今や、抜身の刃のごとき眼光を隠さなかった。手にした剣は唸って旋回し、正円の軌道を描いている。速い。初めからそれが正円の形を持つかに見えるほど、速い。清太郎は我知らず、鉈を構えていた。手に汗をかいている。

男が清太郎を見た。

「やるかね？」

清太郎の背筋に冷たいものが走った。

突如、両者の間に剣光が閃《ひらめ》いた。蘭蔵が脇差を振り立て、男に飛び掛かったのだ。同じ剣術である。旋回の勢いの乗った一太刀を食らえば、首でも腕でも、たやすく斬り飛ばされるだろう。

打ち合うこと三度。

甲高い異音が響いた。蘭蔵の脇差が半ばで折れている。

男は、たたらを踏む蘭蔵を回し蹴りにした。蘭蔵は庭に転がった。体を丸め、立ち上がれない。

元化が男に問うた。

「そこの鉈を持った鼠《ねずみ》どもは始末できるか？」

男は気軽に応じた。

「やりましょう。雌の鼠は？」

「捕らえる。少々肥やせば、よき玩具になろう」

男は庭のほうへ踏み出そうとした。それを引き留める声があった。

「そなた、奉先と申したか？」

於富である。

不意を突かれた男は足を止めた。ちらと元化をうかがい、今さらながらに於富の前に平伏してみせる。仕草は芝居じみて皮肉めいていた。

「さようにございます。お目汚し、失礼いたしました」

於富は骨と皮ばかりの手を叩いた。

「奉先は強いのう。見事、見事。よきものを見せてもろうた」

「ありがたき幸せ」

「強き男たるそなたに命じよう」

「は。何の御用にござりましょう？」

「わたくしは今、腰が痛うてならぬ。動けぬのじゃ。そなた、わたくしを抱え、寝かせておくれ。ついでに按摩をせよ」

奉先は元化に視線を送った。元化はうなずいた。奉先の口元に下卑た笑みが浮かんだ。

「心得ましてござる」

奉先は於富のそばへ、布団の上までにじり寄った。

寿々之介は腕を押さえて立ち上がった。

「待て。下賤な手で母上に触れるな」

於富は寿々之介を見た。顔色が悪く、痩せて肉が落ち、眼窩《がんか》が落ちくぼんで頰骨が飛び出ている。

だが、悠然と微笑むと、於富は天女のように美しかった。

「ありがとうね、寿々之介。早う去りなさい。煙を吸うてはならぬぞ」

於富は大きく息を吸い込み、煙管を吹いた。灰と煙と小さな火の粉が、煙管の火皿から舞い飛んだ。火の粉が布団に散った。

音もなく、布団に火が点《つ》いた。布団はたちまち燃え立った。乾いた風が吹く。火が煽《あお》られる。

奉先が絶叫した。着物に火が移ったのだ。奉先は転げ回った。瞬く間に火だるまである。獣のような勢いで、奉先は元化にすがり付く。元化は奉先を突き飛ばし、逃げた。奉先はまろびながら後を追う。

甘く香ばしい匂いが清太郎の鼻を突いた。椿油の焼ける匂いである。

清太郎は金縛りのように動けなかった。彦馬も寿々之介も蘭蔵も、ただ炎を見ている。

炎の檻《おり》が於富を閉じ込めていた。於富はふと、嬉しそうな声を上げた。

「思い出した。白楽天が編んだ『新楽府《しんがふ》』の一編であった。上陽の人、苦しみ最も多し——悲しくも美しい詩よ。殿の寵愛《ちょうあい》を受けることもなく、老いた我が身を嘆く詩に、かつては己をなぞらえたこともあったが、わたくしには、寿々之介が……」

轟、と音がした。風が唸ったのか、炎が歌ったのか。於富がもう一言、何かを語ったが、聞き取れなかった。

はたと、清太郎の金縛りが解けた。

「火事だ！」

彦馬が、寿々之介が、蘭蔵が、弾かれたように動き出した。寿々之介が泣き叫んだ。

「母上ッ！」

炎へ飛び込もうとする寿々之介を、蘭蔵が抱き付いて止めた。

風が吹く。炎が勢いを増す。赤い舌先が天井を舐《な》めたと思うと、畳へ、壁へ、またたく間に広がっていく。

「離せ蘭蔵！　母上、母上ーっ！」

叫んで暴れる寿々之介を、蘭蔵が懸命に引き留める。

熱波が清太郎を打った。炎に向き合う清太郎の肩に、彦馬は手を置いた。

「もう無理だ」

「わかっている」

於富はまばゆい炎の向こうで揺らいでいた。身を焼かれながら、ただ静かに佇んでいる。

煙が漂う。ぱちぱちと、火の爆《は》ぜる音がする。彦馬が井戸のほうへ走っていった。

お千花は呆然として立てない。

女中が次々と庭へ集まってくる。悲鳴を上げる者、立ち尽くす者、泣き出す者。

彦馬は井戸の水を運びながら、女中たちに指示を飛ばした。

「御婦人がた、人を呼んでください！　類焼を防がないといけません。生垣や建物を壊さないと。力仕事のできる男衆を呼んできてください！」

女中の幾人かが、ぱっと走っていった。

寿々之介は、見開いた目から滂沱《ぼうだ》の涙を流している。喘ぐ口から言葉が出ない。蘭蔵に支えられてやっと立っているありさまだ。

蘭蔵は寿々之介の肩越しに清太郎を見上げた。

「真澄先生の弟」

「そうだ。だったらどうした？」

蘭蔵の目に焦りがにじんでいる。

「急げ。真澄先生の居場所、元化先生が怪しい。元化先生の住まいはこの庵だ」

清太郎は血の気の引く音を聞いた。

「姉上がここに？」

「もしかしたら」

　庵はだんだんと炎に包まれていく。

「いや、まだ見込みはある。ふざけんじゃねえぞ！」

　清太郎は井戸へと駆けた。彦馬の足元の桶を拾い、頭から水をかぶる。

「おい、清さん」

「姉上を連れてくる！」

　裏へ回り、勝手口から庵に飛び込むと、熱と煙に迎えられた。空気が乾いている。まだ燃えてはいない。炎は於富の部屋だけに留《とど》まっている。

　上へ延びる狭い階段と、土間に口を開いた地下、どちらだろうか。思案は一瞬だった。直感だった。清太郎は地下に飛び降りた。

「姉上！」

　暗がりの中に目を凝らす。濃厚な薬の匂いに包まれる。

　動く気配が、低いところにあった。闇を透かし見る。縛られた真澄がもがいている。

「姉上、無事か！」

　清太郎は髪に触れ、頬に触れた。ふわふわした髪がすっかりほどけている。猿轡《さるぐつわ》を噛まされている。肩、腕、腰。痛がる様子はない。温かい、生きた人間の手ざわりだ。

頭上で何か、軋むような折れるような音がした。

清太郎は片腕で真澄を抱えた。階《きざはし》を上る。

地上に戻った途端、熱風に息が詰まった。既に炎が躍り回っている。煙に目を刺される。腕の中で真澄がびくりと震えた。清太郎は庵を飛び出した。

人が集まりつつあった。力仕事の道具を携えた男衆が、庭園のほうから殺到してくる。

「清さん！　真澄さん！」

彦馬が清太郎に気付き、駆けてきた。顔色のないお千花の腕を引いている。

清太郎は真澄を地面に下ろし、猿轡をほどいた。彦馬が、真澄の手足をいましめる紐を小刀で切った。真澄は声もなく清太郎に取りすがった。

「姉上、怪我はないか？」

真澄はうなずいた。ふわふわした癖毛が清太郎の頬をくすぐった。馴染みのない着物や化粧の匂いがする。

彦馬が声をひそめた。

「今のうちに、混乱に乗じて脱出しよう」

「そうだな。さっさと行こう。お千花ちゃん、走れるな？」

「……はい」

真澄は、はっと息を呑んで顔を上げた。

「奥方さまは？」

清太郎は答えに迷った。だが、告げた。

「火の中だ」

「どういうこと？」

「武家の奥方らしい、潔い人だな」

真澄が激しく身じろぎをした。清太郎は真澄をつかまえ、抱え上げて駆け出した。彦馬が並ぶ。お千花が付いてくる。

秋の乾いた風が吹いた。炎の気配が追ってくる。藩邸のどこかで鐘が鳴っている。騒ぎがどんどん大きくなる。

江戸に火事は多いが、田舎《いなか》育ちの藩士は慣れていない。慌てて加勢に走る者とうろたえて逃げる者とで、小さな番所がごった返す。藩士の頼りなさを見かねて、人足のみならず、出入りの商人までもが火消しの仕事に首を突っ込む。

あっちもこっちも大わらわだった。

野良着姿の男二人と、汚れた晴れ着の女と、着物の裾をからげた女中娘。四人が脱《だっ》兎《と》のごとく日島藩邸中屋敷から走り去るのは、めちゃくちゃな混乱の中、ついに誰にも見咎《みとが》められなかった。

「あたしのお父っつぁん、死んだんですか？」

お千花は誰にともなく尋ねた。八丁堀の藤代邸に駆け込んで、ようやく息が整ったときだった。

まだ煤《すす》や泥も拭っておらず、血の騒ぐ感覚が抜け切っていない。真澄は藩邸から脱出できたというのに、憂いをたたえた目を潤ませている。

清太郎と彦馬は顔を見合わせた。西洞が死んだことは事実だ。しかし、誰がいつどんなふうに、それについてお千花に伝えるべきだったのか。

お千花は己自身を抱き締めた。体ごと震えていた。

「さっき、あの元化先生って人が言ってましたよね？　あたしのお父っつぁん、自分で毒を飲んで死んだって。若さまのせいでそういうことになっちまったんですか？」

清太郎は、へたり込んだお千花の前に膝を突いた。

「お千花ちゃんは、西洞先生が若さまからどんな仕事を命じられていたのか、知っていたのか？」

「知らなかったんです。こんなことに巻き込まれてたなんて。でも、考えてみたら、変ですよね。何の取り柄もないあたしが、いきなりあんなお屋敷で奉公することになったんだから」

「お千花ちゃんは人質だったんだ」

「人質？　信じられない。あたし、ひどい扱いは受けなかったんですよ。お作法はちょっと厳しかったけど」

「でも、西洞先生からすれば、お千花ちゃんは人質に取られたようなものだったんだよ。薬を作らせるため、寿々之介は褒美を出す一方で、西洞先生を脅してもいたんだ」

お千花の口元に笑窪が生まれた。無理やり刻まれたそれは、すぐさまわなわなき出した。お千花の声に涙がにじんだ。

「気が付かなかったなあ。呑気なんです、あたし。お父っつぁんは、あたしがいない間、一人で悩んでたんですね。お父っつぁんって、本当に人がいいんですよ。他人の悩みまで引き受けて、うんうん悩んじまうの。いつもそうなんだから」

寿々之介に目を付けられた医者は、西洞のほかにもいた。彼らは同じように脅され、追い詰められた。しかし、死を選ぶまでに至ったのは、西洞だけだった。

「お千花ちゃんのお父っつぁんは、正直な人なんだな」

「馬鹿正直です。そのくせお調子者で、安請け合いばっかりしちまうんですよ。それでね、いつも自分の首を絞めることになるの。治らない患者さんにまで、必ず治すよなんて言っちまって、助けられなくて、そういうのがいちばん苦しくて」

真澄は、煤けた顔をまっすぐに上げた。

「若さまは奥方さまの病を治すために必死だった。藁にもすがる思いだったの。若さまもまた馬鹿正直だっただけ。後悔してらしたわ」

「姉上、それは本人の口から聞いたのか？」

「そうよ。十分に語り合ったとは言えないけれど」

「語り合う？　姉上をかどわかしたやつらと、まともな話なんか」

「できるの。若さまや蘭蔵さんとは、ちゃんと話ができた。奥方さまの治療のことも含めて、もっといろいろ話すべきだったたし、話したかった。でも、もう奥方さまはいらっしゃらないのね」

真澄はうなだれた。柔らかな髪が流れてきて、横顔を覆った。

彦馬は真澄の肩に触れた。指先で触れるだけだった。

「真澄さん」

名を呼んだきり、彦馬は何も言わなかった。壊れ物を扱うように、おそるおそる、彦馬の指は真澄の髪と肩に触れていた。

お千花はいきなり、両手で己の頬を打った。ばちん、と派手な音がした。お千花は勢いよく立ち上がった。

「あたし、家に帰ります。お父っつぁんのこと、家に帰って自分の目で確かめて、納得しなけりゃいけない。全部、そこからです」

清太郎は慌ててお千花の前に立ち塞がった。

「ちょっと待ってくれ。帰るっていうんなら、送っていくよ。柳町だろう？　俺と姉上も、家がそっちのほうだ。追手がないとも限らないから、みんなで行こう。でも、まずは少し待ってくれ」

「どうしてですか？」

「姉上を休ませたい。お千花ちゃんも休んだほうがいいと思う。急にいろいろ起こって、疲れているはずだ」

お千花は、ぐしゃりと顔を歪めた。

「あたし、つい三日前にお父っつぁんに手紙を書いたんですよ。来月の一日にはお休みがもらえるから、三月ぶりに一緒に朔日《ついたち》参りに行けるよって」

「朔日参り？」

「毎月の一日だけは、お父っつぁん、診療をしないで神社に行くの。死んじまったおっ母さんが、そうしなさいって言ったんだって。あたしも奉公に上がるまでは、お父っつぁんと一緒に朔日参りに行ってた。来月は久しぶりに、二人で行けるの」

しまいまで言い切ることもままならず、お千花は、わあっと泣き出した。堰《せき》が切れたようだった。大粒の涙が後から後からあふれてくる。

清太郎は立ち尽くした。両手をおろおろとさまよわせるばかりだ。

真澄は彦馬の遠慮がちな指に触れ、小さく微笑んだ。そして、泣きじゃくるお千花を抱き締めた。

「お千花さん、あなたは頑張り屋ね」

いやいやをするように、お千花は首を左右に振った。お千花の膝から力が抜ける。ずるずると座り込んでしまうのを支えながら、真澄も体を低くした。

「ねえ、お千花さん。来月はわたしたちと一緒に朔日参りに行かない？」

真澄の手がお千花の背中を優しく叩く。お千花は真澄に取りすがって泣いた。止めどなく泣きじゃくった。

そっと近付いてきた彦馬が、清太郎の肩に手を載せた。清太郎は彦馬にうなずき返し、空を仰いだ。彦馬もつられて空を見た。

青く突き抜けた空だった。地上から舞い上がる火事の煙も、空はすべて呑み込んでいた。何事もなかったかのように、目に染みるほど、空は澄んでいた。

　蘭蔵がふらりと牛込御徒町の瓜生邸を訪れたのは、藩邸の火事騒ぎから半月ほど過ぎた頃だった。冬の初めの朔日という、その割には暖かな朝である。

　清太郎は、ねぐらにしている長屋の一室で、朝餉を食べていた。そこへ突然、蘭蔵が顔をのぞかせたので、咄嗟に刀をつかんで飛びのいた。給仕をしていた弥助も、びっくり仰天の形相で壁に張り付く。

　蘭蔵は心外そうに目を丸くした。

「届けに来ました」

　一言告げて、大きな荷物の包みを解いた。

　弥助は、あっと声を上げた。

「こりゃあ、真澄さまの薬箱にお着物、それに御守刀じゃあないですか！　どういうことです？　この男、何者？」

「弥助、これ、確かに姉上のものか？」

「間違いありゃあせんよ。この桔梗模様の薬箱は、毎日のようにあっしがお運びしていたんですから。それに、こちらのお着物。真澄さまが特にお気に入りの桜色の小袖ですね。こういう淡いお色が真澄さまにはよく似合ってらっしゃって」

　弥助は、うやうやしげに黒漆塗の御守刀を手に取った。清太郎は弥助のいかつい手元をのぞき込んだ。

「ああ、母上の家紋だ。姉上が持ち歩いているものだな」

「かどわかしの一件で失われたっきり、もう二度と戻ってこないかと思っておりましたけどねえ」

弥助は、いつになく強張った顔をして蘭蔵を見下ろした。蘭蔵はおとなしげに佇んでいる。

「届けるのが遅くなりました。あるじは、もっと早く届けたかったようですが」

清太郎は両目に力を込め、蘭蔵を見据えた。

「俺のほうでは、二度と関わることはないと思っていた。弥助、こいつだよ。姉上の話にしょっちゅう出てくる蘭蔵さんって男」

「ああ、無口で素直で礼儀正しいと真澄さまがおっしゃっていた、あの蘭蔵さん。へえ、このかたが」

蘭蔵はぺこりと一礼した。

「あるじから、伝えよと命じられました。諸々の騒ぎはすべて藩邸内で片が付いた。火事は、奥方さまの不注意による失火ということになった。庵と薬園は全焼した。消火に協力した人足と商人には褒美が出た。以上です」

「了解した。あの騒ぎを揉み消すとは、大した力だな。用はそれだけか？」

蘭蔵はひと呼吸入れると、小首をかしげた。

「真澄先生は御無事ですか？」

「無事だよ。目立った怪我はないし、阿片の影響もすっかり抜けた。だが、あんた、本当に一人で来たのか？」

「はい、手前ひとりです。なぜ？」

清太郎はまだ刀から手を離していない。

「俺たちは藩邸に侵入して若さまに剣を向けた。その罪に照らせば、取っ捕まって殺されてもおかしくないからな」

「しません。そんな余裕もありません。奥さまの御逝去に伴い、ばたばたしています」

「あんたの言葉、信用していいのか？」

はい、と蘭蔵はうなずいた。真澄の薬箱を見やり、訥々《とつとつ》と口を開く。

「言うか言わぬか蘭蔵に任せると、あるじはおっしゃいましたが、言っておきます。あるじは真澄先生と会って話をしたいと考えておられます。奥方さまの葬儀のかどで疲労して、気持ちが弱っておられるのです」

蘭蔵の顔に、表情らしい表情はない。清太郎は正直なところを舌に載せた。

「目の前で母親に死なれた若さまの胸中を慮《おもんぱか》ると、やるせない。俺たちは若さまのせいでさんざん嫌な目に遭《あ》った。それでも、ざまみろなんて思っちゃいないよ」

「はい」

清太郎は刀を置いた。蘭蔵は、丸く見張った目で刀を見、清太郎の顔を見た。猫のような人だと真澄が言っていたことを、清太郎は思い出した。

初めて道場を訪れた子供と相対するときの心持ちで、清太郎は笑みを作ってみせた。

「あの火事の中で姉上を救出できたのは、蘭蔵さんのおかげだった。礼を言う。ありがとう」

「いえ。礼など、手前には」

「若さまや蘭蔵さんは怪我をしなかったか？　姉上がすごく気にしてたてさ」

「あるじは無事です。手前はあばらが折れています」

清太郎は素っ頓狂な声を上げた。

「あばらが？　平然と言うなよ。まだ痛むだろう？」

「慣れていますから」

「やめてくれよ。慣れていい類いの怪我じゃあないだろう。いつ折ったんだ？　あの用心棒みたいなやつに蹴られたときか？」

「はい」

「あいつらはどうなった？」

蘭蔵は小首をかしげ、黙った。わからないわけでも知らないわけでもないだろう。

清太郎は少し待ったが、蘭蔵の唇が動く様子はない。

「藩内の事情は話せないってことか？」

蘭蔵はうなずいた。そして、まったく違うことを言った。

「食事中でしたか？」

膳にはまだ、茶碗の飯が残っている。おかずは、白く煮た鰻《うなぎ》だ。蘭蔵は鼻をひくつかせた。清太郎と同い年だと真澄に聞いたが、蘭蔵はひどく痩せっぽちである。きちんと食べているのだろうか。

清太郎は蘭蔵を手招きした。

「蘭蔵さんも食ってみないか？　鰻の白煮の生姜《しょうが》風味。ふわっとした味付けで、うまいぞ。この弥助の渾身の一品なんだ」

弥助は今朝、鰻を鍋ごと運んできて、朝寝坊の清太郎を起こした。ついに完璧な味付けを編み出した、と胸を張ったのだ。

当の弥助は居心地悪そうに腕組みをした。

「若旦那さま、いいんですかい？」

「いいんじゃねえかな。姉上だったら、蘭蔵さんと一緒に食おうと言い出すだろうよ。蘭蔵さん、腹減ってないか？」

ぱっと、蘭蔵の顔が輝いた。

「いただいてよいのですか?」

「おう。瓜生家自慢の料理人が腕によりをかけて作ったんだ。うまいぞ」

白い米の上に白い鰻を載せ、甘い生姜の餡《あん》を絡める。蘭蔵は、最初の一口だけゆっくり咀嚼《そしゃく》すると、あとは掻き込むようにして、瞬く間に平らげた。

味はどうだ、と訊くまでもない。大きな漆黒の目が子供のようにきらきらしている。

「もっと食うか?」

清太郎の問いに、蘭蔵は大きくうなずいた。

差し出された茶碗に飯と鰻を盛ってやりながら、弥助は釈然としない顔である。

「ちょいと油断すると、真澄さまのまわりには、すぐいろいろ寄ってくるんですよねえ」

「弥助、聞こえてるぞ」

「聞かせてるんですよ」

「おいおい。意地が悪いんじゃないか? 弥助の不機嫌なところなんて、初めて見た」

「まさか。あっしの器量なんざ、こんなもんですよ。二枚目相手には、腹も立てりゃあ僻《ひが》みもしまさあ」

「弥助は弥助で格好いいと思うけどな。その筋骨隆々とした体」

「ええ、あっしもそれなりに持てますとも。患者の婆さまがたにはね」

清太郎はおどけて、くるりと目玉を回してみせた。

蘭蔵は我関せずだった。鰻の白煮飯に夢中である。先ほどよりゆっくり嚙んで味わいながら、ほう、と、ときどき無邪気な息をつく。

弥助はやりにくそうに口をへの字に引き結ぶと、空になったお櫃《ひつ》と鍋を手に、立ち上がった。

「台所に下げてきまさあ。たっぷり食ってくだすって、ありがとうごぜえやす」

「おう。本当にうまかった。また作ってくれよ」

一礼する弥助に、蘭蔵がまっすぐなまなざしを向けた。

「うまいです。馳走になりました」

への字の口の弥助は、さらにもう一礼、大仰に深々と腰を折った。

蘭蔵が食べ終わるのを待ちながら、清太郎は大あくびをした。朝は強いほうだが、今日は寝坊をした。昨夜がてんやわんやだったのだ。

「ああ、そうだ、蘭蔵さん。通仙散もどきや阿片の中毒の患者、みんな、もとに戻ったよ。昨日、無事に快癒させた祝いってことで、直寛先生のところで宴《うたげ》をした。直寛先生はわかるよな？」

「はい。あるじもその後、患者たちを気に掛けておられました。快癒しましたか」

「良朴先生と淳庵先生が罪滅ぼしだって言って、懸命に看病したおかげだ。まあ、昨日は宴が盛大だったもんで、一人、新たな患者が出て大変だったんだけど。病人の世話って、本当に力も気も吸い取られちまうな」

「病人ですか？」

「彦馬さんの親父さんだ。同心としての働きっぷりは格好よかったんだけどな。年には勝てないってやつなのか。痛風って病気、わかるか？」

「さあ？　あるじは医学通なので、御存じでしょうが」

「すごく痛いらしいんだ。大の男でも泣きわめかずにいられねえ」

忠司は昨夜、痛飲した。真澄が諫《いさ》めるのも聞かず、房が激怒するのも意に介さず、好き放題に酒を楽しんだ。彦馬はもう最初から匙《さじ》を投げており、勝手にしてくれとうそぶいていた。

痛風の発作は、誰もが予測するよりずっと早く、前触れもなく起こった。忠司の手足の関節はみるみるうちに腫れ上がり、激痛に襲われた忠司は転げ回った。

忠司は目方があり、力も強い。痛がって我を忘れるのを抑え込み、どうにかして布団に運ぶだけでも大仕事だった。ずらりと居並ぶ医者たちは薬を処方し、あれこれと指示を飛ばしてはくるものの、実際に体を動かしたのは清太郎と彦馬である。

「痛風の発作は数日で収まるんだって。手足が痛くて痛くてたまらないが、その痛みのせいで死ぬことはない。それでも、死の危険がないってわかってても、痛がる患者を見るのはつらいな。おかげで、ゆうべはどうも眠れなかった」

「あるじもです。この半年ほどずっと、眠れず、うなされています」

蘭蔵は茶碗と箸《はし》を置き、折り目正しく礼をした。

清太郎は蘭蔵の刀に目をやった。大小二本、きちんとある。

「その脇差は？　前のやつは折られちまっただろう」

「あるじがくださいました。水心子《すいしんし》正秀《まさひで》です」

「すげえ。一級品だ。若さまも目が高いんだな」

「古備前の写しです。きれいな刀です」

清太郎は身を乗り出した。

「ちゃんと見せてくれ。もしかして、打刀も上等なやつなのか？　いや、刀もだが、それより気になるのはあの剣術だ。いっぺん、試合をしてくれよ。ああ、もちろん、怪我が治ってからでいいんだ」

蘭蔵はきょとんとした。

「正気ですか？」

「正気だし、本気だよ。まあ、蘭蔵さんたちに対して嫌な気持ちがまったくないと言ったら嘘になるけど、姉上がやたらと二人を庇うからな」

そのときだ。やっとである。

母屋の勝手口が勢いよく開く音がした。滑りのいい戸をぴしゃんと鳴らした犯人は、元気よく声を張り上げた。

「若旦那さま、支度が整いました！　出掛けましょう！」

お千花だ。

お葉も続いて外に出てきたようで、女二人の声がぺちゃくちゃとかしましい。清太郎は、やれやれと苦笑した。

「ずいぶん待たされたぜ。こうやってゆっくり朝飯を食ったり、長話をしたりする余裕があったくらいだ。朔日参りに出掛けたいって言い出したのは、姉上とお千花ちゃんなのにさ」

「朔日参り？」

「月の初めの一日に神社に参詣すると、いいことがあるらしい」

「あるのですか？」

「さあ、わからない。うちは姉上が忙しい人だから、何かの行事だ節目だって、出掛けるような習わしはないんだ。みんなで神社に出掛けようなんて、今回が初めてさ」

「気晴らしですか。手前どもが、真澄先生のお心に傷を負わせてしまったから」

蘭蔵は眉を曇らせた。大きな双眸に影が差す。

「気にしてくれているのか？」

「はい」

「大丈夫。姉上は、やわな人じゃないよ。ああ、そうだ。蘭蔵さんのあるじに伝えておいてくれ。荒木西洞の娘、お千花ちゃんは当面、瓜生家の女中として働くことになった。長屋は引き払って、うちの女中のお葉の家に、一緒に住み始めた」

「心得ました。伝えます」

「お千花ちゃんは強いよ。明るく振る舞ってくれている。お葉も無口な旦那と二人より、お千花ちゃんが一緒に住むようになって楽しそうだ。ただ、俺は苦労しているけどな。あの子、料理はうまくない。味付けが極端なんだ」

にぎやかな女中たちが清太郎を呼んでいる。清太郎は返事をして外に出た。そして、ぽかんとして立ち尽くした。

「たまげた。姉上がめかし込むとは」

清太郎と目が合うと、真澄は、つんとそっぽを向いた。きれいに髪を結った首筋が白日の下に美しく映えている。

「何よ、清太郎。言いたいことがありそうね」

冬の晴れ空に似た水縹《みはなだいろ》色の着物が、凛《りん》とした真澄の佇まいに似合っている。帯も羽織も下駄の鼻緒も、引き締まった渋い色だ。それが上手な引き算になって、目元と頬、唇の紅色がふんわりと際立っている。

清太郎は言葉を探した。姉というものは、女なる生き物とは丸っきり違うから、こういうときに難しい。

「えっと、あれだ、馬子にも衣装というか」

「馬鹿」

怒った顔は照れ隠しに違いない。そんな様子まで、いじらしい。

真澄の身支度を手伝ったお千花とお葉は、渾身の出来栄えに、にこにこしている。

勝手口のところで、弥助は間抜け面で立ち尽くしている。

衣擦れの音が、清太郎の背後にある。振り向くと、蘭蔵がそっと顔をのぞかせていた。清太郎は蘭蔵の腕をつかんで、庭へ引っ張った。

「ほら、姉上に顔を見せたかったんだろう?」

真澄は、ぱっと笑みを浮かべた。

「蘭蔵さん!　もう会えないかと思っていたわ。会えてよかった」

歩み寄ってきた真澄に、蘭蔵は一声。

「おきれいですね」

真澄の頬が真っ赤になる。

「もうっ、急にそんなことを言わないで。何だかびっくりしてしまったわ」

「手前は言葉を知らないので、きれいとしか言えませんが」

「ありがとう」

「いえ」

蘭蔵は、袂から小さなものを取り出した。真澄が、あっと声を上げた。

「うぐいすの笛だわ。なくしたと聞いていたけれど」

「やはり真澄先生のものでしたね」

「ええ、わたしが彦馬さんにもらったものなの。蘭蔵さんが拾ってくれたの？」

「薬箱の中で見た笛、松林に落ちていました」

真澄は蘭蔵からうぐいすの笛を受け取ると、両手の中にふわりと包み込んだ。

「ありがとう、蘭蔵さん」

表から、ふと、うぐいすの声が聞こえた。

ほう、ほけきょ。

こんな寒空の下で見事に鳴いてみせるうぐいすなど、江戸じゅう探しても、彦馬のほかにいるまい。

真澄は小さな笛をつまんで、紅を差した唇にくわえた。歌の拙いうぐいすが、ほうほう、と鳴く。

ほう、ほけきょ。

ほうほう。

笛を唇から離すと、真澄は蘭蔵に問うた。

「わたしたち、これから出掛けるけれど、蘭蔵さんも一緒にどう?」

「手前は、あるじに報告を。あるじが待っていますから」

真澄はいたずらっぽい笑窪を作った。

「それなら、若さまもお連れしてちょうだい。お昼は良朴先生が料亭で御馳走してくださるの。若さまが良朴先生と初めてお会いになった料亭よ。そちらだったら、若さまもお忍びでいらっしゃれるんじゃないかしら」

蘭蔵の顔が明るくほころんだ。

「あるじに伝えます。きっとお連れします」

真澄は満足げにうなずくと、一同を見やった。

「じゃあ、出掛けましょうか」

門の外で、照れ屋でせっかちなうぐいすが、人の言葉も編まぬまま、しきりに真澄を呼んでいる。

ほう、ほけきょ。

清太郎は真澄に手を差し出した。

「さて、お手をどうぞ、姉上。どこにもさらわれていかないように」

「馬鹿ね。ありがとう」

真澄は笑って、清太郎の手を取った。

ISBN978-4-09-406743-9

小学館文庫
好評既刊

死ぬがよく候〈一〉 月

坂岡真

ISBN978-4-09-406644-9

さる由縁《ゆえん》で旅に出た伊坂八郎兵衛は、京の都で命尽きかけていた。「南町の虎」と恐れられた元隠密廻り同心も、さすがに空腹と風雪には耐え切れず、ついに破《や》れ寺《でら》を頼り、草鞋《わらじ》を脱いだ。冷えた粗菜にありついたまではよかったが、胡散臭《うさんくさ》い住職に恩を着せられ、盗まれた本尊を奪い返さねばならぬ羽目に。自棄《やけ》になって島原の廓《くるわ》に繰り出すと、なんと江戸で別れた許嫁《いいなずけ》と瓜二つの、葛葉《くずのは》なる端女郎《はしじょろう》が。一夜の情を交わした翌朝、盗人どもを両断すべく、一条戻橋《いちじょうもどりばし》へ向かった八郎兵衛を待ち受けていたのは……。立身《たつみ》流の秘剣・豪撃《こわうち》が悪党を乱れ斬る、剣豪放浪記第一弾！

小学館文庫
好評既刊

浄瑠璃長屋春秋記 照り柿

藤原緋沙子

ISBN978-4-09-406744-6

三年前に失踪した妻・志野を探すため、弟の万之助に家督を譲り、陸奥国平山藩から江戸へ出てきた青柳新八郎。今では浪人となって、独りで住む裏店に『よろず相談承り』の看板をさげ、見過ぎ世過ぎをしている。今日も米櫃《こめびつ》の底に残るわずかな米を見て、溜め息を吐いていると、ガマの油売り・八雲多聞がやって来た。地回りに難癖をつけられていたところを救ってもらった縁で、評判の巫女占い師・おれんの用心棒仕事を紹介するという。なんでも、占いに欠かせぬ亀を盗まれたうえ、脅しの文まで投げ入れられたらしい。悲喜こもごもの人間模様が織りなす、珠玉の第一弾。

小学館文庫
好評既刊

突きの鬼一

鈴木英治

ISBN978-4-09-406544-2

美濃北山三万石の主百目鬼一郎太の楽しみは月に一度の賭場通いだ。秘密の抜け穴を通り、城下外れの賭場に現れた一郎太が、あろうことか、命を狙われた。頭格は大垣半象、二天一流の遣い手で、国家老・黒岩監物の配下だ。突きの鬼一と異名をとる一郎太は二十人以上を斬り捨てて虎口を脱する。だが、襲撃者の中に城代家老・伊吹勘助の倅で、一郎太が打ち出した年貢半減令に賛同していた進兵衛がいた。俺の策は家臣を苦しめていたのか。忸怩たる思いの一郎太は藩主の座を降りることを即刻決意、実母桜香院が偏愛する弟・重二郎に後事を託して単身、江戸に向かう。

小学館文庫
好評既刊

付添い屋・六平太
龍の巻 留め女

金子成人

ISBN978-4-09-406057-7

時は江戸・文政年間。秋月六平太は、信州十河藩の供番（籠を守るボディガード）を勤めていたが、十年前、藩の権力抗争に巻き込まれ、お役御免となり浪人となった。いまは裕福な商家の子女の芝居見物や行楽の付添い屋をして糊口をしのぐ日々だ。血のつながらない妹・佐和は、六平太の再士官を夢見て、浅草元鳥越の自宅を守りながら、裁縫仕事で家計を支えている。相惚れで髪結いのおりきが住む音羽と元鳥越を行き来する六平太だが、付添い先で出会う武家の横暴や女を食い物にする悪党は許さない。立身流兵法が一閃、江戸の悪を斬る。時代劇の超大物脚本家、小説デビュー！

小学館文庫
好評既刊

陽だまり翔馬平学記
姫の守り人

早見俊

ISBN978-4-09-406708-8

軍学者の沢村翔馬は、さる事情により、美しい公家の姫・由布《ゆう》を守るべく、日本橋の二階家でともに暮らしている。口うるさい老侍女・お滝も一緒だ。気分転換に歌舞伎を観に行ったある日、翔馬は一瞬の隙をつかれ、由布を何者かに攫《さら》われてしまう。最近、唐土《もろこし》からやって来た清《しん》国人が江戸を荒らしているらしいが、なにか関わりがあるのか？　それとも、以前勃発した百姓一揆で翔馬と敵対、大敗を喫し、恨みを抱く幕府老中・松平信綱の策謀なのか？　信綱の腹臣は、高名な儒学者・林羅山の許《もと》で隣に机を並べていた、好敵手・朽木誠一郎なのだが……。シリーズ第一弾！

―本書のプロフィール―

本書は、小学館文庫のために書き下ろされた作品です。

小学館文庫

姉上《あねうえ》は麗《うるわ》しの名医《めいい》

著者　馳月基矢《はせつきもとや》

二〇二〇年四月十二日　初版第一刷発行

発行人　飯田昌宏
発行所　株式会社 小学館
〒一〇一－八〇〇一
東京都千代田区一ツ橋二－三－一
電話　編集〇三－三二三〇－五九五九
販売〇三－五二八一－三五五五
印刷所 ―― 中央精版印刷株式会社

この文庫の詳しい内容はインターネットで24時間ご覧になれます。
小学館公式ホームページ　https://www.shogakukan.co.jp

ISBN978-4-09-406761-3